主编　凌翔　　　　　当代著名作家美文自选集

# 小人物背后的人性光辉

程学武　著

民主与建设出版社
·北京·

**图书在版编目 (CIP) 数据**

小人物背后的人性光辉 / 程学武著 . —北京：民主与建设出版社，2019.12

ISBN 978-7-5139-2777-2

Ⅰ.①小… Ⅱ.①程… Ⅲ.①杂文集－中国－当代 Ⅳ.① I267.1

中国版本图书馆 CIP 数据核字（2019）第 248848 号

**小人物背后的人性光辉**
XIAORENWU BEIHOUDE RENXINGGUANGHUI

| | | |
|---|---|---|
| 出 版 人 | 李声笑 | |
| 著　者 | 程学武 | |
| 责任编辑 | 周佩芳 | |
| 封面设计 | 陈　姝 | |
| 出版发行 | 民主与建设出版社有限责任公司 | |
| 电　话 | （010）59417747　59419778 | |
| 社　址 | 北京市海淀区西三环中路 10 号望海楼 E 座 7 层 | |
| 邮　编 | 100142 | |
| 印　刷 | 唐山楠萍印务有限公司 | |
| 版　次 | 2020 年 1 月第 1 版 | |
| 印　次 | 2020 年 1 月第 1 次印刷 | |
| 开　本 | 710 毫米 ×1000 毫米　　1/16 | |
| 印　张 | 13 | |
| 字　数 | 200 千字 | |
| 书　号 | ISBN 978-7-5139-2777-2 | |
| 定　价 | 49.80 元 | |

注：如有印、装质量问题，请与出版社联系。

# 目 录

第一辑　看客

# 看客

　　如今，中国有不少"看客"。此类人等，既不可兴邦，也不会亡国，但却是牛背虱子一般的存在。

　　他先生最大的特点，就是看。路边老人跌倒了，他在看；他人遭遇不幸了，他也在看；还有什么交通堵塞、两口子打架、邻里纠纷，东边少了一只鸡，西边丢了一只鸭，都是他热衷光顾的地方。在看中，他幸灾乐祸地说东道西；在看中，他骂政府，骂社会，骂他人。看客们永远都是饶有兴致的，手环抱于胸前，看着、说着、站着、笑着。有时，还愤愤不平叽咕一句：哼，世风日下啊！

　　他先生奉行的原则是：不花钱，不犯法，所以，不看白不看嘛。每每在人群密集喧闹嘈杂的事发地点，他先生就忍不住停下脚步，用四两拨千斤的功夫，在里三层外三层、密不透风的人墙中打开一道缝隙，左右蠕动灵敏的身体，拼了命地往里挤。一定要看到，这才对得起满头大汗，对得起这一天的光阴。

　　这时，他有一副"悲悯"的心怀。常常，为一件弱势者受到伤害的事件唏嘘不已，感叹连连，不过，这副悲悯的心怀是冷漠的。对需要帮助的人，他只是同情，只是围观，只是拍照，有时还把一些视频上传到网上。对自己"观赏"到的结果，他先生一般喜欢津津乐道，当成人生的成就或财富，大肆渲染。

他先生信奉"多一事不如少一事""事不关己高高挂起""明哲保身"的做人原则。面对邪恶，面对奸佞，他们大都是看热闹的心态。路见不平，他先生不是拔刀相助，而是习惯以他人的悲伤作为自己的快乐；以凑热闹，看笑话，来对待周围一切不公正之事。他常常冷眼观看旁边发生的一切事情，不管好坏，就像看一出与自己无关的戏一样。而关键时刻，别人需要伸手帮忙时，于他倒成了"弥足珍贵的人间真情"，少见而又少见。

他先生还是个时针型的人物，永远看别人的福祸，从来看不到自己的不堪，最喜欢的是哄闹、鼓噪、一哄而上。每遇到事件，带着幸灾乐祸的心态，或观看或猜测当事人该如何应对以及事态如何进一步发展。素质好一点的或许只是看看，素质差一点的可能还要为当事人煽风点火，出谋划策，让事态顺着更加恶化的情势发展，而自己却可以随时抽身出来坐观虎斗。

因不必承担任何责任，所以，看客们永葆一颗"好奇"之心。只不过，这种好奇的心态有些扭曲。什么麻雀恋爱，公鸡调情，蚂蚁搬家，都是他感兴趣的事情。每遇到张家长李家短王家长的消息，他都将耳朵伸出八尺长，四处打听，故久而久之，练就了一副对任何事情异常敏感的顺风耳。而在事发现场，看客们一般脖颈都伸得很长，就仿佛许多鸭子，被无形的手捏住了似的，向上提着、提着……

看客们的另一大本事是不着急，守得住，等得起，一定要到最后才三三两两散去。虽然这些看客们来自不同地方，素不相识，但只要有一个人开始起哄，其他人就会一窝蜂地誓死跟随，常常让赶来维持秩序的警察们也无可奈何。

没错，看客们就是一群"客"。他们隐时形迹缥缈，踪影难寻；现时三两个一群、四五个一伙儿。他们来也匆匆，去也匆匆，有时还能聚成一大帮子人，迅速就能包围整个现场，不逊于特种部队的速度。

鲁迅先生说过："看客"就是"毫无意义的示众材料"。看客的出现，是我们的社会出了问题？还是国民的劣根性在作祟？我们每一个人都需要拿镜子照一下自己，自己是否就是"看客"中的一员，甚至是帮凶呢？

## 当贫穷成为一种灾难

因为老家在农村的缘故，所以现在身在城市的我，依然有很多机会接触那些贫困的群体，尤其是一些正在贫困线上奋力读书的学子们。每每遇见这些孩子，谈到他们的求学、成才之路，我总是站在"高端"或"成功者"的角度，侃侃而谈，给予他们很多鼓励的话。比如，"贫困是人生的财富""天将降大任于斯人也，必先苦其心志，劳其筋骨，饿其体肤……"之类。

前几日，农村的姐姐到我这里，告诉我一则关于邻家女孩的故事。这位女孩，两年前考上了外地一所比较有名的大学，作为村子里这么多年出去的一位名牌大学生，她是多么的让人羡慕啊！然而，正是这位让人心动神往的女孩，却向深爱她的亲人们道出了自己生活中的许多无奈，她说，我讨厌贫穷，它是一种灾难。因这"灾难"，这位女高才生，居然做起了三陪小姐以赚取学费。

无独有偶，前几日上网，也看到类似的一则帖子，故事与邻家女孩大相径庭。这位女孩更直接，她公然在网上大胆地对外宣布《宁做三奶不嫁穷人》，3 天来，70 多万高点击率。令人不可思议的是，这位大胆女孩发出的"呼喊"，竟然得到了很多人的共鸣，结果支持她的网友占到绝大多数。

由此我想，贫困对于一个有心向学的孩子而言，究竟是人生"财富"还是"灾难"？真的不能"千篇一律"。那种认为"自古雄才多磨难，从来纨绔少伟男"的观点，太过绝对化了。人生是丰富多彩的，苦难与成功，自然应该因人而异，不可一概而论。

现实中，一些农村的父母们，抱着"读书改变命运"的古老信条，不惜负债累累，供养孩子上大学，不吝自己在泥土里劳动，"就是为了将来孩子生活得更好点"。他们在为孩子拼命劳作付出的过程中，怎么也没有想到，正在求学、奋斗的孩子，因为贫穷，少数人放弃了道德底线，开始"堕落"，开始走向与亲人们事与愿违的另一条道路。他们自甘堕落的举动，令爱他们的不知所云。

对于少数因贫穷而产生道德滑坡的贫寒学生们，我们不能说贫穷就是罪魁祸首，但确实起着不容忽视的影响——因为贫穷，少数人放弃了道德底线，反过来又刺激了更多人的效仿，置身于由此造就的社会氛围中，又将给他人造成多大的实际影响？有人会用"天无绝人之路"之类的话来安慰他，但是，这只是一种"站着说话不腰疼"的天真想法。

这些年，尽管国家和社会确实已经做了许多努力，但"贫困"还是让很多孩子不断地面临人生前进中的"壁垒"。他们或因昂贵的学费，放弃本应该录取的名校；或因亲人久病不愈，家中一贫如洗，等等。这些"灾难"，使他们求学和成功的路，荆棘丛生，布满坎坷。

面对贫穷造成的各种"负面效应"，我们应该更明白：生存和发展的权利对每一个人都是同等重要的事。我想，一个人对贫穷和苦难的承受能力是有限的。贫穷，不仅使他们道德滑坡，还使得他们心理脆弱，不够坚强，心理素质不健全。很多深陷贫困的孩子，面对命运的"捉弄"，在挣扎、努力、绝望、再努力、再绝望。很多时候，不是我们这些"高谈阔论"者悠然状态下所能感受到的。

有一句古训：仓廪实而知礼节，衣食足而知荣辱。作为一种自觉的约束，道德文明也许确实与我们的生存状况有关。当人们依然在为生存而苦苦挣扎的时候，一旦有合适的机会和条件，道德文明将很容易成为他们换取生存的筹码。毕竟"穷且益坚，不坠青云之志"者实在太少，而现实社会到底又给他们提供了多少成功的机会？任何没有经历过贫困以及由此带来的痛苦折磨的人，都没有资格对穷人的"堕落"评头论足。我们应该给予他们更多的是关爱、帮助，而不是指责和漠不关心。

我还想说的是，我们这个社会能否走出一条体制性的路，尽可能地超越个人性情、个人经验，超越各个家庭对社会资源占有的多寡，大面积地避免贫困成为贫寒学子及其父母的一种"灾难"？

作为大众，面对贫穷造就的鸿沟，我们其实没有任何道德优势，更没有权力居高临下对因贫穷而产生的道德问题指手画脚。如果说"农家女"的自甘堕落令人痛心的话，她的这种心态转变无疑更加可怕，因为由此不免会带来一种负激励效应——与努力拼搏相比，贱卖道德显然要容易得多，同时却又更趋于成功。此类"成功典型"对与其有着同样命运者的诱惑性显而易见，当越来越多的贫困者热衷于复制这种"成功"的时候，旁观者如何能分得清这些所谓的"道德沦丧"者，究竟哪些是直接肇始于贫穷，又有哪些仅仅是出于好逸恶劳？

结束本文时，我想说的是，如果要让贫困生的翅膀不再沉重，就要给他们一个可以自由翱翔，上下翻飞的广阔天空。而他们回报蓝天的，将会是洞穿贫困阴云的绚丽彩虹……

# 防盗门防盗窗防盗锁

前几日，我在街上溜达，看到一家专门卖防盗锁、防盗门的店面很是热闹。我走进去同老板聊了起来，他说，现在的人生活好了，有钱有物，自然要加锁买防盗门，再有，我的门锁科技含量高，一般技术很难打开，而且技术不断更新，所以市场总是在我手里。

我笑道，我最不喜欢的东西就是门锁和各类防盗设施，因为这玩意分割了我们，是对人的不信任，是用来防人的。老板眉毛一挑，说，这年头不防人防谁？我赚的就是防人的钱。你以为这世上有夜不闭户的地方吗？我笑了笑没再说。

我信他的话。我承认，在一个物欲横流的时代，每个人都珍惜生命，都把安全牢牢地紧系在心间。

说来也巧，老友老王，前不久在我们这座城市的某小区买了一套面积 100 多平米的房子，这几天刚一拿到新房的钥匙，立马就忙活开了。第一件事，就是重新换防盗门，说，原来的防盗门质量不高，不可靠，还是换一个质量更好，更放心的吧；紧接着，就把一次也没用过的防盗锁也换了，说要重新升级，绝不能让小偷有任何可乘之机。在升级锁的同时，又紧锣密鼓地开始在所有有窗户的地方，加装防盗窗。防盗窗全部是结实的金属。看着一道道不锈钢的管子造的笼子，老友自豪地说，哈哈，我们自己把自己变成了困兽，这样安全放心啊！

放眼望去，如今喜爱设防的又何止就老友一家呢？我们城市繁华、漂亮的背后，几乎所有的居民小区，都有一个奇怪的中国现象：幢幢楼，每户居民的阳台，都设有防盗窗；每家每户的大门安装了防盗门，而每个防盗门，都配备了防盗锁。不仅如此，每个小区的门卫，都安装了视频监控设备。摄像头如猫头鹰般栖息，每个进进出出的人，包括一只猫，都在监控范围。

防盗门越来越先进，防盗窗越来越厚，防盗锁越来越高科。这些金属的组合，貌似给我们看似生活不错的人带来暂时的安全感。但，我们的内心深处，真的就永远安全可靠了吗？一方面，灯红酒绿的丰富物质化生活，让我们享受着现代文明；另一方面，我们的安全感，也越来越丧失。稍不留意，身上钱包不胫而走，一觉醒来床头手机不知去向，连走在街上，我们都得夹紧钱包，捂紧口袋。被骗，被偷和被盗，让我们每时每刻都心中设防，何止防偷防盗呢？生活在甚嚣尘上的烦躁世界，一有风吹草动，我们就感觉焦虑。生活的变数，让我们越来越缺乏安全感。每个人内心深处的"防盗设备"也如同防盗窗、防盗门、防盗锁一样，越来越寝食不安。茫然四顾，囚禁在物质或精神构筑的有形无形的防盗设施里，我们永远不知道对门有多远，幸福有多好。

紧张、不安、敌对的情绪，使我们内心深处"机关重重"，与人打交道，喜欢隔空打量对方，人与人之间的纯净部分，越来越遥远。无数的"防盗设备"，绑架了我们每个人的内心，拉远了我们的距离，让我们的幸福感、安全感逐年下降。

我正写此文，忽然接到朋友的一个电话，说他住的小区，因为不让装防盗窗，一夜之间该小区包括他家连续被盗四户。事后全体装防盗窗，结果依然有贼光顾，前夜，一户居民夜间发现有盗贼蹬着楼下的钢筋防盗窗，要爬进他家窗户，他们急忙报警，警察迅速赶到，手电光照过去，果然有盗贼扒在二楼不锈钢防盗窗上，警察一边便朝这个不走运的盗贼喊：喂，下来！一边还得扶着那盗贼爬下来。接完他的电话，我好笑的同时，心里依然是掠过一丝的紧张。

　　一个处处设防的时代，让人紧张、不安，而一个没有各种"防盗设施"的国度，才会让人安定祥和，意气风发。给所有人安全感，让心的防盗门、防盗窗、防盗锁解"锁"，才是我们这个社会需要思考的问题

# 熟悉的陌生人

一幢幢拔地而起的高楼，是城市繁荣的风景线，一个个漂亮的小区，是我们温暖的巢。然而，楼房越建越高，邻里的关系却越来越疏远，打个招呼都成了难事。比如我，本是一个热心的人，搬进这个小区三四年了，除了同住一个小区的一个同学外，基本没有什么交往较深的邻居，更谈不上成为互相来往的好朋友了。就拿我对面的邻居来说，是一对年轻的夫妇，每次进出一个楼梯口，乘坐一个电梯，好多次，我冲他们笑笑，想打招呼，可他们好像根本没有意识到我的"友好"，眼皮基本不朝我看一眼，每天进进出出，听到的只是"砰砰"的关门声。我们成了"最熟悉的陌生人"。

前几日，楼下的邻居家发生了盗窃案，报警后，来了好几个警察，我热心地下楼，帮助提供线索。就在警察们做笔录的时候，对门的邻居回来了，他们连看一眼的时间都没有，更别说热心地问一声，帮个忙了。他们只冷漠地"砰"的一声，关好自家的门，漠然地进屋。警察敲他们家的门询问一些情况，他们显得还有些不耐烦。

无独有偶。前几天，我的岳父岳母买菜回家时扭伤了脚，一瘸一拐，又拎着好几袋东西，特别希望有人帮一下，可小区里来来往往的邻居没有一个停下来帮忙的。也不怪人家，都不认识嘛，凭什么要帮你？岳母对我自嘲地说。

　　提到邻里关系，老友冯先生也深有感触。他说，他现在居住的小区，邻居们经常这个搬来，那个搬走，周围住的全是陌生人，其中许多人还是租房子住的，流动性很强，今天搬进来，过几个月就搬走了，一点信任感都没有，怎么交往。小区里的居民，邻居一个都不认识，每天做完家务就是看电视，连个说话的人都没有。邻里之间现在越来越冷漠啊！

　　老冯感慨地说，过去大家住在大杂院、平房，面积虽小，条件简陋，可邻里友好的关系那叫一个温暖。每到盛夏时节，家家户户坐在竹席上乘凉，每天吃完晚饭，左邻右舍就都把家里的竹床搬出来乘凉，大家摇着蒲扇，坐在竹床上聊家常、啃西瓜。远亲不如近邻的邻里关系，让大家亲密的如同一家人。

　　我们这些距离最近的陌生人，除了彼此面熟，根本不知道对门邻居家姓什么，住了几口人，从事什么工作，更别说串门，唠嗑，拉家常了，能彼此有点头之交的就算是不错了。脸熟的在电梯里碰到点个头，更多的连招呼都不打，见你进电梯了就扭头看别处，或者用警惕的目光上下打量你一番。

　　我们说，我们的城市变大，变漂亮了。但钢筋水泥筑成的林立大厦，人们邻里的关系也似那钢筋水泥僵固了。"没时间，生活节奏快，工作压力大"以及社会人口的流动带来的治安问题等，邻居们从心理上设防，不愿意主动与邻里交往。冷漠的人际关系，越来越让人体会不到人与人之间的温情了。

　　在草写完此文，在中国青年报上看到一篇调查，说某权威调查中心近日的一项调查显示，参与调查的 4509 人中，40.6% 的人不熟悉自己的邻居，其中 12.7% 的人"根本不认识"自己的邻居。调查中，34.8% 的人表示跟邻居"没有相处活动"，80.9% 的人感觉与 10 年前相比，当下的邻里关系越来越冷漠了。

在这个物欲横流，人与人越来越喜欢隔空打量对方的浮躁世界，何止是邻里关系呢？

由此派生出的，单位间、同事间、朋友间，乃至亲人间，越来越微妙复杂的关系，大家在交往、沟通时，不敢把心迹吐露出来，不愿为他人献出爱，关键时候更不愿为他人伸出援助之手。不和谐、紧张、消极、敌对的心理，让我们很多时候如鲠在喉。

整个社会人情关系的缺失，才是我们急需补上的一课！

## 放养与精养

小时候在农村，家里穷，兄弟姐妹又多，每天早上天一亮，姊妹们就像出笼的鸟，背上书包，一路唱着歌儿到学校。不要大人送，不要父母接。不上学的日子，就帮父母种田，割麦子，收稻子，但凡农事方面的活，都干得一身劲，也就是通过劳动，知道了生活的艰辛，了解了农村的困苦状况，看到了社会的不合理。可以说，真正了解社会，就是从小时接触农村的贫困生活和艰苦劳动开始的。

还记得，高兴起来，很多孩子就聚在一起，踢毽子，玩石子，下河捉鱼捕虾，衣服脏了，膝盖磨破了，从不叫一声苦，喊一声累，一副英雄好汉的样子。那时，父母亲就"亲切"地对我们说，你们是家里放养得猪和狗啊，天一亮就开始放养，该干什么就干什么！

结果兄弟姐妹们成人后，个个身强体健，啥事都独当一面。同村的其他孩子们，尽管家中物质条件也像我家一样，不是很好，生活水平低，但经过"放养"，个个身体棒棒的不说，处理问题也是一个顶一个。

这种养育我们的过程，用现代的话叫"放养"，就是那种"广阔天地"，无拘无束，自由成长的一类。

如今不同了。培养孩子进入了精养时代。

就我家孩子而言，上学要送，放学要接，连做作业都要大人在一旁陪读。至于玩耍，则时时在大人的眼光能控制之下。

我邻居家的孩子就更宠爱了。从出生之日起，就跟母亲睡一起，衣来伸手，饭来张口，但凡他要考虑的事，父母早就考虑好了，全然天然保姆的样子。某日，他告诉我，孩子正在参加夏令营，9岁的宝贝女儿每晚都睡不好觉，原因是，这次单独睡，妈妈不在身边，半夜害怕极了，常常哭！好可怜。还有一同事，家中经济一般，自孩子上幼儿园起，又是请人给孩子补习，又是请人给孩子做家教。他告诉我，孩子从小学到大学，请再多家教，花费再多，都值！这样做的目的只有一个，就是让孩子永远在起跑线上领先于他人。

这种雏鸡式的爱护方式，我称之为精养。

对比放养和精养的不同，感觉放养的表现是：自由，没有条条框框，人的天真得到释放；而精养的表现是：含在嘴里怕化了，捧在手里怕掉了。自我中心意识进一步加强，个人主义抬头。精养的孩子，身穿锦衣华服，脚蹬金马玉堂，"通吃"不了就哭，"通吃"了也哭，泪水很廉价。精养的人，泪腺发达，脊梁萎缩。只知道娱乐，未知忧患，一旦遭遇暴风骤雨，骇浪惊涛，这些精养的少爷、小姐，温室里的花朵，还会放声大哭吗？天知道。

长期的精养，不仅成为了温室里的花朵，更主要的是，不理解劳动的艰辛。不知道尊重劳动。长期向往成为所谓的"人上人"。

我们说，孩子从脐带一剪开，就是一个独立的个体，人的一生要面临无数的压力、挑战甚至痛苦，要有一个坚强的翅膀，遮风挡雨。任何高明的父母，也不可能把自己在艰难时世中练就的顽强生存能力，通过基因遗传给自己的儿女。缺乏独立性，过多依赖父母，是一贴销蚀个体意志的麻醉剂，它只会使人脆弱，经不起风雨。对爱护孩子的父母来说，打破对孩子"精养"的最好办法，莫过于放手让孩子独自去探寻生存的出路。纯属孩子生活上的琐事，不妨让孩子自己去处理，同伴间发生了冲撞，不妨让孩子自己去调解；行走摔倒了，不妨让孩子自己爬起来；皮肉擦破了，不妨让孩子自己包扎伤口；乘车，不妨让孩子自己买票；购物，不妨让孩子自己算账……或许，在这"放养"的过程中，孩子会出洋相，会上当受骗，会出现种种荒唐幼稚的情况，但依然不妨让他们自己去挽回尴尬的面子，而唯独不可让他们重回到那早该丢弃的襁褓中。

我写完此文，又听到一个故事，说有个叫强强的初三男生恋母，不愿住校要退学。报道称，他是个身高一米七几的大男孩，父亲在某机关工作，母亲经商，他们都十分娇宠这个"宝贝儿子"。让人吃惊的是，从小到大，强强每晚都和妈妈一起睡，爸爸则被赶到了另外的房间。今秋开学后，升入初三的强强按学校要求必须住在学校，自己打理起居，这些对其他同学来说很自然的事情，他却无法适应，向父母提出要退学。儿子已经长大了，但是父母对待他仍然像四五岁的孩子，这就使强强在心理上与母亲过于紧密，这种精养的教育方式，使他就像"寄生"在母亲身上一样。

不亦悲哉！令人沉思的精养时代！

## 甲方和乙方

暑假里，我认识的一个中学生，是那种比较好的一类。一天，跟我说，学生与学校是甲方与乙方的关系。我说为什么？这位好学生说，这个甲方与乙方的关系，使我对我们的学校失去了信心，对老师失去了感恩的心理。

我问，为何？这位学生说道，老师加班补课，要我们出钱；学校发教材，要我们掏钱；还有……，总之，学生与学校和老师在经济上是泾渭分明的甲方和乙方关系。这样的甲方和乙方，使我们谁也不欠谁的！

听罢他的话，我无语。

有人说，今天的学校，最大变化是师生关系的疏远，老师上完课夹着皮包就走了。平时老师忙老师的，学生忙学生的，和学生很少交流。学校已不再是培养人的场所，而是培训机构，是工厂，很多老师拿着学校的工资养尊处优，不去做学问，而是热衷搞钱。功利性的事情，已使很多"园丁"与学生之间的距离越来越远了。

在发表这一番感慨的时候，又看到一份调查资料，资料上说，某权威部分随机抽取 120 名教师，问："你热爱学生吗？"90%以上回答"是"，向这些教师所教的学生调查："你体会到老师对你的爱吗？"回答"体会到"的仅占 10%。

为什么老师觉得爱学生，可学生感受不到呢？为什么老师觉得是为了学生的将来，可学生不能认同甚至会恶语相向？这就是教育的错位现象，这可能就是教育中出现的甲方和乙方导致的恶果。

现实中的甲方，尽管不带着武器；不带着刀子，不面目狰狞，但在乙方眼里却是非常强大的。很多时候，没有剥削，也没有强迫，但乙方是万万不敢得罪甲方的，因为乙方的命运是捏在甲方手里的。双方虽没有合同契约，但彼此早已心领神会，约定俗成，你交钱，我给你知识，谁也不欠谁的。

在如此"潜规则"的驱动下，在传道授业的背后，越来越有商品化的倾向。争相掏家长口袋的不仅仅是甲方（学校和老师），还冒出来诸如丙方、丁方等，各种以盈利为目的社会补习班、辅导班、家教市场等。在望子成龙的渴望中，很多乙方被裹进了"加班"的大军，甲方乃至丙方、丁方等疯狂办班，乙方的父母们拼命送钱。"愿打愿挨"的契约关系，双方互不相欠。

我们说，传道授业解惑，令人尊重。但很多时候，向"钱"看齐的畸形心态，使教育者假装在教育别人，被教育者也假装在听，大家都心照不宣，那种"我教你识字，所以你要特别尊重我"的行业优越感，越来越远离大众的心里承受力。

当然，老师与学生，这种永远有师生关系的甲乙双方，是任何时候都抹不掉的千万种关系中之一种。它应该纯真，应该让人美好的一辈子永远铭记。如果被商品经济污染，甲方（学校）关注的是"你要给我什么"，乙方（学生）关注的"你要我干什么"，那我们对教育、对老师的"尊重"就是生拉硬扯，教育的真正意义，就变了味。

羊有跪乳之恩，鸦有反哺之义。商业化气息浓厚的甲方和乙方关系，只会让更多的人，失去感恩和报恩的心理。我们的教育方式，我们那些为人师表的园丁们，你们确实该好好反省一下了。

# 粗糙做男人

平生最见不得往脸上厚厚地抹香的男人。有一次见到一个，只看了一下，便浑身不舒服。原本会成为好朋友的，也就此作罢。

生活中的男人，应该粗糙些。除非工作需要，一般男子汉似乎没有必要将时间、精力、兴趣和爱好过多地放在自己的美容上，更没有必要把精力用在取悦异性身上。男人的价值在于力量和智慧，空有一副好皮囊而不努力充实自己的男人，是一具没有价值的空壳，很多时候会招致人们的鄙视。

男子汉待人处世应提倡粗糙。现实生活中，总有一些令人不如意的地方，作为男人，理应"宰相肚里能撑船"，凡事心胸放宽勿太窄细看；目光放远勿太短视了；交际宽泛些勿太偏狭了；说话厚道些勿太尖刻了；对钞票看淡些勿太重了。笔者以为这些方面要是做不到粗糙，做男人的就要当心那"女人样"扣到头上。此帽专用于不粗糙的男性，从无人误用于女子。

本人曾在菜场目睹一大汉与一卖姜葱的老太，为一分钱而发生争吵的事。有旁观者嗤笑道:"看他怎么像个女人!"所有的人都指责大汉,没有一个同情他。

又一日,在拥挤不堪的公共汽车上,突闻一浑厚男中音发出一声夸张的"啊哟喂——"继而是"你眼睛瞎了"之类的怒斥,而另一男高音竟也应招而起。唇枪舌剑正酣,有一女乘客看不下去了,不耐烦地夹进了一句点评:你们烦不烦人,像个女人似的。引发一片赞同的笑声。可见,公众对于过于精明、过于狭隘、锱铢必较之男子的鄙薄,是显而易见的。

纵观古今中外,做男人比做女人要累,做个有所作为有造就的男人更累。男人面临着更沉重的社会责任和更无情的生存竞争,而且又不能大言不惭地在异性中找依靠。男人应当成为支撑世界的骨架:刚强、粗糙、有棱角。沉湎于琐屑小事之中为些许蝇头小利厘毫得失而蝇营狗苟的男子,是不完全的男子;一天到晚沉浸在往事絮絮叨叨的男人,是耄耋的男人。粗糙的男子之所以粗糙,是因为他阳光,在总体上把握了世界,把握了未来,也把握了自己。

但粗糙的男人不应是粗陋,也不是粗俗,更不是粗暴。邋遢男人的落拓不羁,马大哈男人的心不在焉,大男子主义的自命不凡,与本文说的男人粗糙风马牛不相及。

最后,笔者奉送天下所有男人一句话,粗糙的男人应是自信、严肃,具有阳刚之美,而不是靠小聪明作为于世。

## 幸福和什么有关

人人都希望自己更加幸福一点，幸福和什么有关？

一位企业老总这几日心中郁闷，就到街上散步，迎面他遇到一对夫妻，是骑三轮车的。车上拉了满满一车垃圾，女人坐在车上，男人蹬着三轮车，夫妻俩一路走着，谈笑风生。

他们有什么高兴的？不就是两个捡破烂的吗？这个老总有点看不懂。

他又一想，自己经常开着奔驰，身边还坐着美女，许多时候，怎么就高兴不起来呢？

他就走到骑三轮车的夫妻旁边，问他们：你们俩怎么这么高兴啊？能告诉我吗。夫妻俩嘿嘿一笑，说，我们高兴，是因为我们今天捡的破烂超额完成了，实现这种目标的机会不多，所以我俩就很快乐兴奋啊！

呵！老板想了想，因为他们的目标实现了，而且它稀有，所以他们高兴。自己天天开着宝马，经常身边坐着美女，习以为常了，所以也就没有感觉了。

由此，我们知道什么是幸福，幸福由思想造成，由比较产生。

有一个企业每年发大量的奖金，今年不景气，不发奖金了，员工们就抱怨，完了，今年白干了，没奖金。整个企业怨声载道，没奖金了。老板把自己的副手找来，说今年不景气，准备裁员发奖金，如何裁员，大家先回去想个方案，先保密。结果不出三天，企业谈话风声立刻变了，奖金没了，奖金没了不要紧，问题是要裁员，裁谁啊？年终大会开始了，老板坐好以后，员工齐刷刷坐好了，老板左看一圈，右看一圈，然后开始说话，今年不景气，准备通过裁员给剩下的人发奖金，考虑到饭碗比奖金重要，我们决定大家同甘苦，共患难，不裁员了。大家一看，不裁员了，太好了，心里的一块石头落地了，哗哗鼓掌。

情绪释放以后，老总又开始讲话了，考虑到大家也不容易，我们努努力，还是给大家发了以前的 1/3 奖金。大家一想，竟然还有奖金呢？太好了，哗哗鼓掌，奖金少了 2/3，却是最高兴的一年。

因此，幸福和财富的绝对拥有量没有关系。现在有人房子虽然大，里面住的都是别人家的人，保安、保姆啦！房子小，可住的都是自己家的亲人，能找着谁在哪个房间。房间多了反而找不着，亲情都跑哪去了？用一句阿 Q 先生的话讲，妈妈的，房子太大了还害怕呢？所以，房子大是好是坏也还不知道呢。

我们常说，不想当元帅的士兵不是好兵，不想当船长的水手不是好水手，宁做鸡头，不做凤尾，于是，大家苦苦往上整，整不上去就烦恼，就是这种成功学思想导致大家心情糟糕。

船只有一个船长，要想自己当船长，得组织一伙人，把船长扔水里去，自己当船长，下面的人还想当船长，再组织一伙人，再把这个船长扔水里去，最后就剩两个人了，说我得把你扔下去，就剩我自己，结果这艘船非沉不可。

再说剩下的两个人出来看风景，看着看着，一个人动了一个心眼，我要比你早看一步，快走一步。另外一个人也想，我也不是没有腿，我要快你两步，关键时候还要快你四步。最后看风景，变成了两个人赛跑。

　　我们要牢牢记住这些案例，时刻会有新的发现，短短的生命之旅，我们干吗来了？我们是来赛跑还是来看风景的？看风景的，现在却变成赛跑，就是争啊、抢啊、夺啊。心情糟糕透了。

　　所以，只要不能改变别人就改变自己；不能改变事情就改变对事情的态度，事情没有好坏，事情没有大小，事情没有对错。

　　现实生活中，很多人为了竞争，不择手段，为达目的，不计代价，最后心情却糟糕透了，一点幸福感也没有。生命只是个过程，不是个结果，如果你不会享受过程，结果到了，人不就逝去了吗？所以，要让生命在你这个躯壳里愉快地活一回，精彩每一天。

## 幸福的味道

　　我家住在这座城市的繁华地段，不远处，有一个菜场。距离我家楼下大约 200 米的地方，有一间简易的棚户房，里面住着一对夫妇。每天天蒙蒙亮，这对夫妻都要到菜场去卖菜。

　　男的吧，又瘦又矮，脸颊深深地凹陷下去，头发乱蓬蓬的，身上背一个破旧的钱包，一年四季都穿着一个褪了色的夹克，很长时间不洗一次。他每天骑着个三轮车，几乎很少听到他说话，一看就是个不善言辞的人。女的，高大健壮，尤其脸部，肉横横的，是那种脾气比较暴躁类的。夫妻两常常一起蹬着三轮车，丈夫在前蹬车，妻子坐在后面。车里放了一个蛇皮袋子，袋子上面堆满了辣椒、黄瓜等蔬菜。

　　每个双休日，只要没事，我都到菜场去转悠一下。日子长了，就熟悉了那里的菜，以及卖菜的人。还有摊主那些职业性质的笑容。有一次，我恰好路过这对夫妻的摊位。男人好像对人很随和，有人和他还价时表现的很大度，女人看起来很不热情，只是机械地称菜、收钱，看不到她的笑脸。

一位买菜的老人拿起摊位上的青菜，问完了价格，说了一句："你这青菜价格贵了吧。"女人说："我这菜新鲜，好吃，就是价格贵，不好你就到别处去买。"由于说话缺乏婉转，一句话就引来老人的不满……

听着女人说的话，看到她为几分钱和几两菜与老人讨价还价，尤其是看到她卖菜时，吝啬的一股小市民气息，我有些鄙视他们。

我至此从不去他们那儿买菜。

可有一次，我被他们感动了。那是 12 月份，天气最冷的时候，我一早在菜场转悠，女人这天可能穿的比较少，在寒风中瑟瑟发抖，正在这时，男人看到了，他把自己身上不算厚实的夹克衣服脱下，轻轻地披在女人身上，那一脸的关切，眼中的爱怜之情，让我从他们朴素的穿着中，感受到他们生活压力下的另一种温馨，想象到他们家中还有身体不好的高堂，背着书包上学的孩子……

那一刻，我对这对小贩夫妻的印象发生了彻底的改变。原来，人性中的美德是可以将缺点掩盖的。而美德又可以将人性的优点放大。

晚上 9 点左右，我在街上散步时，又见到他们回家的情景。这时，街上的人已不多，风冷飕飕的，男人蹬着车，女人在后面轻搂着男人腰，他们好像在聊天。女人"小鸟样"地把脸靠在男人不算厚实的背上，两人挨得很近，女人的脸上绽放的是平时看不到的温柔，而丈夫如孩子一般听话，挺直身子，尽力地靠近妻子，尽情的享受这温情的时刻。两个人像初恋的情人……街上的一切喧闹似乎都与他们无关。只有耀眼繁华的五彩灯光，衬托着他们和谐的身影，如一幅极美的画面。这个画面里，他们是焦点，是中心，旁边的一切仿佛都成了美的附属品。

这就是他们的爱情吗？我问。在寒冷的冬夜，在四周繁华的背景下，他们给彼此送上最温暖的柔情。

我被感动了。我想，如果当时我用手上的手机拍下这最美的瞬间该多好，那是一个多么绝美的镜头呀！

在城市最底层的人，是生活幸福感最强的人。这话我信。

## 闲话“累”

　　朋友张君，在某机关任职，官不大，权不重，每每见到我，第一个字，就是“累”。我问他为什么？他说，以前应酬多，每到快下班的时候，一帮朋友呼朋引类，不参加吧，人家说你不入流，于是，应酬应酬，由“酬”变成“愁”了？愁苦的愁！如今“干部八项规定”下来，应酬少了，可各种数不完的达标考核多了起来，除了应付常规工作外，单位还要经常搞什么5加2、白加黑似的加班加点，属于自己的时间太少了。加上官场上的微妙关系，心感到更累。要学会察言观色，要学会曲意逢迎，如此，才能适应。自己累，领导们更累，大会指示，中会讲话，小会发言，还要应对上级领导的调研、检查，以及各种达标考核。如今的公务员，真不是那种泡杯茶、看看报纸、工资稳定、福利好的混日子时代了！

　　老友冯某，可谓成功人士。穿的是名牌、居的是别墅，出门有豪车，每次同学聚会，都是他大方买单。就是这样一个在我们眼里光鲜的人物，有一次热闹的聚会后，突然冒出一句话：我比你们任何人都辛苦，比任何人都忙碌，也比任何人都“累”。说完，竟哭了。事后我悄悄打听，老友虽然财富逼人，但其实不易。社会关系要打点，企业运营要操心，在我等眼里风光的背后，其实是一颗脆弱的心。他成功的背后，嘴里吐出的依然是人富心穷的"累"。

晚上回家在下班的路上，遇到我刚刚上幼儿园的小侄子。奇怪的是，小小的年纪，在我们这些成人面前，也喊累。一进入幼儿园，就每天背着几公斤重的书包，一天四趟来回奔波，小小的年纪、瘦小的身体，便开始承受着未来的压力，从小就被老师、家长灌输着"少小不努力，老大徒伤悲"的经典，稚嫩的年龄，少了孩子们与生俱来的天真与活泼，多是木讷的表情。

我老母亲也常常喊累。她说，就是一个偶尔购物就让她累得够呛。每次去超市、商场、菜场，都要火眼金睛，都要准确的判断，什么样的产品是怎样的包装，要记得清清楚楚，颜色，字体都要逐一检查。对于自己想买的每一件东西，都睁大眼睛，竖起耳朵，目不转睛，以防是伪劣假冒。每次的消费，要小心翼翼，战战兢兢，真累啊。

还有我的一个农民亲戚，一直在家里务农，种着几亩土地，我问他："你觉得累不累？"他说："累倒不累，就是挣的钱少，养家糊口难啊。"他低着头对我说："心里感到不舒服。"他说的心里面不舒服，应该就是我们说的心累。他三十多岁才结的婚，因为家里贫穷。结婚了之后又生了两个孩子，老婆在家操劳，经济来源仅靠农作物。只能维持基本生活。他要养家糊口、供孩子上学、行礼、看病医疗等。他说："人就怕没面子走在人前。"这句话很触及心灵。我们又何尝不是呢？！

"累"字一词，越来越挂在众多人嘴边。"活得真累"，已成了大众心理的焦虑和负担。人活着，累是一定会有的。但问题的关键是，累己还是累人，是为名利累还是为生计累，是身体的累还是精神上的累。人生苦短，白驹过隙，让大众快快乐乐的生活和工作，享受自己的人生，才是我们这个社会必修的课。

# 当羞耻感消失后

　　人生在世，是有底线和羞耻感的。如果一个人，尤其是未成年的女孩子，不是为了爱，而是为了物资，甘愿投入成年男人的怀抱，那她的人生又会怎样呢?

　　看到一则报道，心里好久不能平静。报道说的是大上海，前不久，上海检方披露一起 20 多名女中学生集体"援交"的案子，在这起案件中，这些女中学生大都未满 18 周岁，最小的不到 14 周岁。这些未成年少女"援助交际"的动因，就是赚取零花钱，购买化妆品、时尚物品等，以满足自己的虚荣心。

　　一开始不知道什么叫"援交"，后来网上搜索才知道所谓的"援交"，就是援助交际，简称"援交"，是一个源自日本的名词，最初指少女为获得金钱而答应与男士约会，但不一定伴有性行为。现今意义却成为学生卖春的代名词。依据台湾"内政部警政署刑事警察局"的定义，援交是一种特殊的"双向互动"色情交易："少女（特别是尚未走向社会的女'中学生'）接受成年男子的'援助'，包括金钱、服装、饰品和食物等物质享受；成年男子接受少女的'援助'——性的奉献。"

看到这则消息，第一感觉是，这些穿上校服，稚气未脱的孩子，羞耻感消失了，为了满足虚荣，为了挣取所谓的零花钱，她们自愿走进连锁酒店，走进男人的淫欲里，她们小小的心灵，已经污浊锈蚀了？她们稚气未脱的年龄，在城市的夜幕中暗自转换角色。她们被享乐、消费主义浸染得不知道什么叫羞耻，什么叫道德了。

我们说，管理缺失、教育失败、道德感沦落，是我们这个时代应试教育以及重棒打压下带来的悲哀。很多时候"拥有金钱就能拥有一切"成为社会默认的潜代码。而孩子们小小的心灵，怎能经受住越来越盛行的享乐之风、攀比之风的"耳濡目染"。他们尚未成熟的心灵，又是多么需要父母的呵护，以及来自学校和社会风气的熏染啊。

而现实是，时尚华贵生活无处不在中国大地宣扬着：偶像剧热播，偶像们不但年轻帅气，且一身名牌，别墅、豪车、游艇一应俱全；香奈儿、阿玛尼、爱马仕等国际名牌挤占着人们的视觉空间，无处不在……一股浮躁的商业戾气充斥，其背后所蕴藏着的价值观潜移默化地侵蚀着未成年少女。在此语境下，不只是稚气未脱的少女，成年女性中也有一些当"小三""二奶"者。"性"似乎具有了商品化特性。这些未成年的"援交妹"何尝又不是整个社会享乐主义泛滥的受害者呢。

我还想说，这些被称为"援交妹"的年轻人，也是成年人世界的一面镜子。我们在指责孩子们的道德缺失的同时，也应该"审判"自己的行为与生活。援交妹的出现，不仅是年轻一代的悲哀，更是成人社会的不良影响。少女援交，谁之痛。只有成年人建立起美好的公共生活、树立起有尊严的价值标准，并且以此垂范，未成年人的世界才会变得清澈。

青春迷醉于物质和金钱，当青春与大腿是一笔可以肆意挥霍的资本时，我想，她们物质化的背后，一定是不堪回首的酸痛。写完此文草稿，我忽然想到几年前读过日本自由作家中山美里在她的自传《我的十六岁援交手记》里写过的一段文字，文中写道：在东京的繁华商圈，我开着令人瞩目的红色跑车，住着达官显贵群聚的豪宅。打开房门，宽敞无比的温软名床，翻滚荡漾在令人心荡神驰的亚麻床罩之上……现在却已毫无踪影，只留下一片回忆，静静浮荡在空气之中。这是援交女郎回忆自己不堪回首的过去，她希望告诉后人，援交时留在自己心里的过去，会在以后慢慢发酵，直到追悔莫及。

希望这句话能警醒世人，尤其那些在迷茫边缘的年轻女孩们。

# 小人物背后的人性光辉

有时，负能量多了，人便需要一些向上的东西。而这，往往来自草根的底层。生活中，诸多来自"小人物"的感动，为我们戾气颇多的社会"道德肌体"，注入了一股新鲜的血液。

有一个平凡的外卖小哥，在江边散步途中，见有孩子掉入江中。他救人心切，一头扎进江水中，在失联近四天后，奇迹并没有发生，这个小伙还是不幸离我们而去。还有一位帅小伙，坐地铁，看见地铁车厢内一座位下面有一摊呕吐物，过了好几站那个座位都一直空着，周围人也都避而远之，甚至有的乘客一不小心都踩到了，但却没有一个人去收拾呕吐物。小伙拿出纸巾默默地收拾了，全程大家都是默默地看着，而且收拾完，小伙也并没坐到那个座位上，一直站着。这一幕，恰好被一个网友看到了，默默拿起手机拍下了这一切。杭州一男子酗酒后打伤他人，持刀冲入居民家中。当地一位普通民警接报上前制伏该男子，在拉扯中，民警脸部、颈部等多处被刺伤，鲜血直流。关键时刻，他忍痛将手铐戴在嫌疑人手上。嫌疑人被制伏，村民安然无恙，而民警的脸、脖子均受伤，其中脸部伤情极为严重，嘴部几乎贯穿。在医院治疗时，这位可爱的民警还留言："不要告诉我家人，晚上不要打电话……"

一件件，一桩桩，类似这类不起眼的小故事还有很多，且每天都发生着。故事的主人公，有老人，有孩子，有生活在贫困线上的病榻之躯，他们是芸芸众生中的一员，是生活在我们身边毫不起眼的普通人。他们，或拾金不昧，不计任何报酬；或自己活得艰难，却不忘给他人带来幸福。他们所做的事情，一点也不"伟大"，也许就是一根针，一根线等举手之劳的事，但，这些平凡的感动，就如同涓涓细流，让大众的心里充满了温暖。他们用最朴实的举动，写下人生最闪亮的一笔。

当一些人质疑"我们的传统美德正在分崩离析"之时，在人们一面抱怨着"人心不古""世风日下"，怨言多、牢骚多；另一面做着"精致的利己主义者"的时候，小人物们坚守内心的朴素与善良，不计回报的温暖付出，"位卑"不忘"义"之举，听起来平凡渺小，但却是道德领域的"大人物"。他们身上的"正能量"，让我们看到更多的是生活的阳光雨露。

只要薪火不灭，美德就会传承。身边的好人好事每天都在社会的各个角落，平淡无奇中发生着。没有感天动地的事迹，没有煽情的豪言壮语，但折射散发的，却是永远真实的人性光芒。

我们说，社会是个体的集合，对社会的改造终究要落实到每个人的作为。我们不妨将心中的不满和焦虑转化为"我们能为社会变好做点什么"的动力之中。不要再让行善者"伤心"，不要再让好人"流泪"，应该成为每个公民心底的呼唤和实际行动。

作为社会公民，我们在珍视并善待小人物背后所折射出的人性光辉时，学到的不仅是感动，更多的是行动。"爱出者爱返，福往者福归"，只有全社会积极努力，我们才能营造出更多的积极向上的正能量。

# 城市的"鼻涕"

　　某日晚上，一帮朋友私人聚会。吃过饭，我刚走出饭店的门口，立马有一个手里拿着乞讨钵的老年妇女，追着我，非要给她几块吃饭的钱。我摸摸口袋，给了她两个钢镚儿。谁知，我这边刚给过，那边不知道从什么地方又蹦出两个人来，他们以同样的方式，一边老板老板行行好地喊着，一边把手里的钵伸向我。我吓得连忙加快脚步，小跑着逃离。

　　又一日，我逛街，在一繁华地段，见到一位十七八岁的女孩，架着眼镜，斯斯文文地蹲在路边乞丐，她的面前摊着一张纸，纸上写道：爸爸妈妈离婚了，我没钱上学了，请各位好心人帮助我读书吧！我见状后就给她扔了5元钱，她抬起头来漠然地看看我。没多久，我在不同的地段又发现了这女孩。此时她已经是大肚子了，随着她隆起的腹部，乞求广告也换了词，写的是：我遭到不明身份的男人强奸了，现在无依无靠，请各位好心人帮帮我吧！我信以为真，又给她扔了5元钱，她还是那副表情！但没多久，我们本地的晚报就发了一篇对于她的追踪采访，揭穿了她骗人的真实面目。我看了报道，如梦初醒，大呼上当。

每每想到这些乞丐，看着他们如影随形地存在于我们的周围，请允许我使用"城市鼻涕"这个不雅的词来形容他们。

这些"城市鼻涕"，几乎无孔不入，车站、饭店、医院、菜场，特别是商贾云集的繁华地段，总能见到他们的身影。以前，为活命而乞讨的人，对人们给的一把米、一碗饭、一毛钱，他们都要千恩万谢。如今，乞丐们霸王硬上弓，只认钱，给少了还不行，有时还对给予者骂骂咧咧几句。

这些城市"鼻涕们"，组成颇为复杂，有老年人、失学儿童、残疾人、农民等。散兵游勇似的乞讨已经过时，为了保护自己的"利益"不受侵犯，这些"鼻涕们"便三个一群，五个一伙，形成自己的团伙，他们在人流量大的地方聚集在一起，划地为界，争地乞讨。有的甚至像常人一样每天按时上下班。

这些城市"鼻涕"，由此滋生了一系列的社会问题。有时，为了争夺乞讨地盘，他们不断发生肢体冲突。有的"鼻涕们"对于索要不到钱的人，还会进行辱骂等变相的报复。老友张先生告诉我，每次他开车去饭店与朋友们聚会，遇到"鼻涕们"的多少都会给点，不然他给你汽车划一下，或者做点别的小动作，麻烦就大了。他还告诉我，有一次，他的朋友就因为没给钱，车就被划了很深的一个口子。有的"鼻涕们"还会耍无奈，纠缠着你、拉扯着你要钱，你要么给钱、要么躲让。有的乞丐不仅仅乞讨，还偷窃路人和店铺。现在市民普遍对这些"鼻涕们"都有厌恶情绪，对他们都是躲之不及。

有些时候，我们也采取一些措施，比如出动城管进行治理，但很多时候，只能进行劝阻。从事城管的朋友告诉我说，对这些"职业乞丐"，他们也无能为力，最多也只是没收乞讨工具和劝阻这些乞丐不要在车站、城区主街道，因为这些地段是每一个城市对外的窗口。好多时候，城管一来，这些"职业乞丐"就玩起了"猫捉老鼠"的游戏，他们便迅速避让消失，管理人员一走，他们又立即现身。

放眼望去，如今，我们的城市，高耸于楼顶的广告牌，装饰华丽的商店橱窗，以及服饰光鲜的行人，往来穿梭的车辆，都在显示着繁华与骄傲，在这繁华的背后，城市的"鼻涕"们神出鬼没，不仅影响着城市的形象，还给我们的生活带来不安，等等。他们的不雅之举和屡禁不止的犯罪，成了我们城市的难言之痛。

对于这些顽固的城市"鼻涕"们，年复一年，我们无人关心他们的来历，无人关注他们的饥寒和生死，任凭他们在城市日渐美丽的脸庞上"流淌"。

城市的"鼻涕"们皆有生命，他们也有自己的家乡，对他们，我们应该给予更多的人文关怀，很多时候，我们与其花重金，不惜一切代价，对城市进行所谓的美容，争创所谓的各类文明城市。但请不要忘了，在这些光亮的背后，还有一帮城市的"鼻涕"们，我们该给他们一个温暖或者生活的另一个通道。

# 由诨名想到的

我家附近是一个菜场，闲暇之余，便到菜场逛逛，偶尔也买买菜什么的。因为常去，所以和那里的摊贩们就混熟了。前几天，我和卖肉的摊贩"二狗"聊上了。我说："二狗兄弟啊！你没有真名吗？为什么摊友，甚至周围的居民都这么叫你，都三十多岁的人了，怎么还有绰号呢？"

"二狗"憨厚地摸摸头，告诉我："其实俺有真名的，叫张有旺，家中兄弟排行老二。小时候，只因俺长得羸弱矮小，和小伙伴们在一起玩耍时，被他们经常二狗长二狗短地叫，后来叫开了，就成了诨名。成年以后，娶了老婆，有了儿子，诨名慢慢没人叫了。"

"二狗"又接着说，前年，俺和媳妇进城打工，在菜场卖菜，办理工商执照时，工商给了俺一个登记表，里面有一栏是"绰号"。经办人员说，有绰号就要填写，俺诚实，想一想本来有绰号，就填了。不曾想，填了绰号以后，那天管理人员找俺收税时，有个人就突然喊起俺"二狗"这一诨名来。摊友们听到后，觉得有趣，就在菜场上叫开了。结果天天被管理人员叫，摊友叫，甚至有些小孩也叫，搞得俺很狼狈，多次央求大家别叫了，他们反而叫得更起劲。

"二狗"最后说，俺也是个爱面子的人，大家都这么叫，俺的心理负担挺重的。

"二狗"还告诉我，与他一道到城里打工的农民兄弟们，有绰号的还不少。譬如卖蔬菜的拴子，属鼠，在家排行老大，所以绰号大耗子。还有同村在建筑工地做瓦工的锁子，脾气火爆，外号叫冲天炮。在周围的人群中，常听人喊二狗、耗子、冲天炮。人要面子树要皮嘛！想不叫人叫可没有办法啊！

"二狗"诨名的故事，是无数穴居城市弱势群体的一个缩影。想当初，某些管理部门可能是为了便于管理流动人口，在暂住人口登记表上设了"绰号"这一栏，这也许没错。但作为管理者，随意叫一个弱势者的"绰号"，就显得有些"不道德了"。如今，我们一些强势者，对待弱者往往就是"胡萝卜加大棒"，缺乏那么一些人文成分，缺乏那么一种善待的心怀。

在我们生活的城市，我们经常会看到这样的人群：他们挑着一担水果从大街走到小巷、从小巷走到大街；他们推着一筐蔬菜在居民区叫卖。我们还每天见到这样的场景：黎明时分，街头红红的火光下，一口添满油的锅，滋滋冒热气，一个双手拿着筷子，把黄澄澄的油条捞起，立马有许多人围在这里，尽情享受朴素的生活；还有垂着暮霭的小巷尽头，随风飘散着几缕烤红薯的浓香。这些景象，可以说是城市生活的风景画。它是文化，是历史，更是美好。

而这些城市"风景画"，是需要小商小贩描绘的。如果说高楼大厦、宽敞马路是城市的标志，那么小贩们构筑的生活场景，则是城市的点缀。小贩们的过去、现在和未来，都是都市一道不可缺少的风景，他们的存在，方便着城市居民的生活。

小贩们对城市的贡献有目共睹。但小贩们的生活和就业状况，是很少有人考虑的。他们除了面对城里人设置的各种就业高门槛外，还有一道精神负担门槛。这个精神负担还不止于叫"绰号"之类，比方还有"飘着"的心态、被人"瞧不起"，渴求融进城市等。

作为城市的强势群体，应该多多体谅小商小贩的难处，多一些包容小商小贩的胸怀。"二狗"们需要关怀。这种关怀，既要有物质的，还要有人文的。努力创造条件，满足居民，包括小贩的物质和精神需要，恰恰是构建和谐社会应有之义。"二狗"们需求什么？城市管理部门是不是应该认真研究呢？他们期望城市的包容，也盼望城市能腾出一个供他们生存的好空间。

第二辑　别把自己看得太重

## 别把自己看得太重

假如有一天，你不小心掉进一个坑里去了，你会干啥？第一招，是爬上来，赶紧自己往上爬；第二招，是看看坑是啥样的；第三招，看有没有好东西，有的话就找点好东西；第四招，自己爬不上来，也看够了，就找个人拉自己上来。

再说有一个女士跟先生吵架，一吵架就生气，一生气好几天，先生说，亲爱的，别生气了。女士却说，不行，我就气死给你看。过不久，又生气了。后来发现肚子痛了，到医院一看，发现肚子里有癌症了，她死了，死了以后你给谁看呢？不但没人看，你还给对方留下了一个广阔的平台。

所以有人拉你上来，你得上来，你别把自己看得太重。还有，遇到烦心事了，你得听人劝，千万别跟自己赌气。气谁啊？气自己。

也许有人说，我做不到啊！遇到有一点点不尽人意的事情，我就怨天尤人，就骂自己，骂太太，骂男人，骂老娘，骂领导，骂下属。如此骂下去，越整越惨，最后把自己折腾惨了。这种心态，就像人在谷底样，越是情况不利，越要寻求自我安慰。一个有信心的人，绝对胜过破罐子破摔。

再说一只骆驼从沙漠的一端辛辛苦苦走到了另外一端，很辛苦。一只苍蝇趴在骆驼的背上，一点力气不花也过来了，还生骆驼的气，说，辛苦呀，谢谢你把我驮过来，我走了，再见。骆驼却看了一眼苍蝇说：你在我身上的时候，我根本就不知道，你走也没必要跟我打招呼，你别把自己看得太重，你以为你是谁！

所以，作为人子，不把自己看得太重，就不会失重；不把自己看的太高，就不会失落。用一种平衡状态对待周围一切，你就永远快乐无边。

# 坐的境界

坐，是人的止息方式之一。古文作象形字时，将"坐"字写成两人坐在土上，意思是说，只有坐的稳，心里才会踏实。人生在世，除了站着，躺着，剩下的时间就是坐了。能坐的住，坐的稳，有时真是一种生命的境界。

我在晨练时见过一位美女。她每天不管是刮风还是下雨，都准时来到晨练的一块石凳旁，坐在固定的位置上，闭目静坐，一动不动。旁人在此闲侃，好像与她无关；有人在此遛鸟，也与她没有任何关系。她永远是一副与世无争、心无杂念的样子。有时，我好奇，就侧目偷看她，她的表情无喜无悲，无忧无虑，像天然的悠悠流水样无波无澜。要知道，这是美女啊！其心不躁实在不易。后来，我在一次会上见到她，经人介绍，才知她原来是我们这里著名的一位企业家。听罢，我初时惊讶，后来却认为合情合理。有她这样的心静，成功是肯定的事。

其实，从"坐"中，我们真能感觉人与人之间境界的差异。我认识了两位在本地也算名流的文化人。甲健谈，乙寡言。每次讨论问题，甲都坐不到 5 分钟就要站起身，喋喋不休，一副学富五车，才高八斗的样子，而乙，不管甲怎样夸夸其谈，都是稳坐不动，特别是当甲问他与他的专业不相关的问题时，他总是很坦诚地说："我不懂，真的一窍不通。"作为旁观者，我心里佩服这位是真正学者的乙。甲呢，也许著作比乙多，名声比乙大，但一个"飘"字足以误了他，使他的人格、文格都有失真之感。

一个"坐"字，看似简单，实质蕴含的意义非同一般。我还见过一个因贪财盗窃而被判刑的人。他刑满释放出狱后，周围的人将他视为坏人，时时猜疑他、提防他。他为了生存，只能捡垃圾，即使这样，也还是有人怀疑那些废品不是他捡来的，而是偷来的。但是，他每天捡了大半日的垃圾之后，闲下来便躲在楼前的一棵树下静坐，一连两个小时原地不动。仅此一点，我就对他的改恶从善多了几分信赖。能静下来，久久端坐，也是善性的一种萌动，人性的一种回归吧。

我还接触过一位被人攻击过的朋友。这位兄台为人正直，品行端正，但由于不入流，常被上司、同僚、下属七嘴八舌群讥，每当这时，他只端坐不动，一言不发。因为他端坐不语，他的若有所思之态，时间长了，攻击（包括诬陷）他的人，渐渐没了趣，有的最后还主动在他面前认错。这样近于"参禅"的坐功，不动口，不动手，就能击倒对方。

如今的社会，是个浮躁的社会，是个人人急于表现自我的社会。大多数者不以德而服他人，也不以实干而追慕成功，很多人选择走捷径，渴望树上早上开花，晚上就结出果子。如此的心态，使他们坐没有坐样，站没有站样。即使偶尔坐了下来，至多是身坐，而心却在左蹦右跳、东张西望、上腾下跃，一副心神不定，意乱情乱的样子。

所以，要做一个正直、修养高尚的人，不仅能站的稳，也应该坐的端庄且稳。因此，诚劝天下之人，在诱惑多多的花花世界里，莫烦莫躁，静下心来，好好修炼身心，做一个"坐"中有道的明白之人，做一个"坐"而有内涵的大写之人。

# 人富心穷

　　谁都不会否认，我们现在进入了物质生活相对富裕的时代，大多数人吃有食，居有屋，穿有衣。然而，这种富裕的背后却出现了这样的怪现象：我们的财富在增加，但满足感在减少；沟通工具在增加，但深入的沟通在减少；认识的人在增加，但可以谈话的人在减少；房子越来越大，但里边的人越来越少；路越来越宽，但心越来越窄；楼房越来越高，但视野越来越低……

　　究竟哪里出了问题？有一则报道说，现在的人们感到压抑的概率是20世纪50年代的10倍，不管生活多么富裕，精神生活始终感到贫穷。人们比任何时候都更爱拿自己跟周围的人进行比较。失败者羡慕嫉妒恨成功者，成功者也常常感到像失败者。商品时代培育出来的商品意识，容易使人变得比以往更贪婪，更好高骛远。越是看重金钱和物质，人就越不容易满足，心理也变得更脆弱。

　　在人富心穷的心态下，我们不禁发出这样的感慨：我们的幸福感究竟在哪里？我们怦怦乱跳的心，究竟要怎样的依托？

来自骨子里精神上的穷，会使人良心扭曲，社会责任感降低，缺乏对弱者的同情，缺乏对这个世界的爱。心穷还使我们有时丧失了自尊，学会虚伪、世故，装模作样的外表下一颗脆弱的心，经不起外力轻轻一碰。脊背弯曲的人性下，就是牢骚多，怨言多，一口唾沫都想淹死这个世界。

"心穷现象"使人染上了一股穷气。有些富人们真的"穷得只剩下钱了"！富人显摆时，可以从空中抛钱，看贪婪之辈你争我抢的闹剧；可以骄奢淫逸，挥金如土，玩一掷千金的游戏。这些人财富在增多，金钱在增加，但就是没有社会慈善意识，他们不是因为没有钱，而是因为心穷。心穷得饥渴，使金钱很容易就操纵了一场场的骗局，如五花八门的造假、欺诈……层出不穷，不断翻新。有些贪官受贿数千万元，表面上却仍旧省吃俭用，将贪污来的钱全部藏匿于家中，冰柜里、煤堆里、鞋窝里……一切他们认为别人看不到的地方都塞满了现钞。他们要钱并不是为了用，而是因为心穷，穷怕了，怕穷。

人富心穷，还使我们对"执子之手，与子偕老"越来越怀疑。俗话说"贫贱夫妻百事哀"，有钱了，心却贫穷了，于是婚外恋、一夜情等不正常的感情汹涌泛滥，使婚姻的红灯频频亮闪，难怪有人指出，当今社会随便往哪栋楼一指，都有离婚的。

足寒伤身，心穷则伤气损志。甚嚣尘上的时代，我们要做到贫而不卑，富而不贪，达不足贵，穷不足悲，确属不易。但那种戚戚于贫贱，汲汲于富贵，虎视眈眈，其欲逐逐，"争名于朝，争利于市"，急于求富，羡富、谀富，贫而谄，富而骄，或夸大贫穷，或夸耀富有，同样也是万万要不得的。

愿在物质上已经脱贫的人们，赶快进行心灵的"脱贫"吧。

## 时光怎能倒流

一个人犯了错误，每每忏悔，总是期盼时光倒流，给他一次重新做人的机会。然，时间之水，怎能再重新倒流啊！

"我每每看到起诉书，都在反问我自己，这是我吗？怎么会到今天？每天早上醒来的时候，这是哪里呀？我怎么会堕落成这样呢"？这是某高官在沦为阶下囚时，连续用四个反问来感叹自己的人生悲剧。一些倒下去的人，常常用"像鞭子一样抽打着灵魂"，来形容自己异常痛苦的心境。

我们说，一个人，从生到死的是一次性的，只能演绎一遍。人生没有草稿纸，这幅画卷是美是丑，一旦绘就，便无法更改。普通人也就罢了。一些权高位重的官场大吏，和财富逼人的金钱宠儿们，他们智商比一般人高，阅历比一般人丰富，但他们得意时，却利令智昏，忘乎所以然。其嚣张跋扈、荒淫无度、敛财不倦的丑态。却是等到滚鞍落马，成为阶下囚时，才大彻大悟，幡然警醒。哽咽、流泪，乃至捶胸顿足，这是他们犯了错误，尤其是铸成人生大错时，常常反省的一幕。

人生就像系衣服扣子，一步走错，步步错。当官为人也是如此。不仅要看到权力的光环，更应看重其背后的责任和陷阱。如果过分任性，把权力当成了私用资本，得意忘形，甚至于以权谋私利，终究会走上不归路。古语云："欲知平直，则必准绳；欲知方圆，则必规矩。"规矩，是一种约束，一种准则。人不以规矩则废，国不以规矩则乱。一个人如果无视纪律、不讲规矩、不守底线，必然会"踩雷""触电"，终究会在金钱攻势下，"湿了足"，也"失了身"，最终滑向腐败堕落的深渊。

财色于人，人之不舍，犹如刀刃有蜜，小儿舐之，则有割舌之患。此类告诫不绝于耳。但关键时刻，人们却常常忘记。无数带血的事例告诉我们，当权力遇上利益，在各种诱惑之下，失去了定力，则必然被"围猎"，而贪欲的闸门一旦打开，就如决堤的洪水一泻千里。

恶之花以绽放的姿态召唤着各种欲望。也许，最初，每个人都怀揣着些许惊恐和懊悔，一步三回头，摇摆过，后怕过，但贪婪和侥幸推动着灵魂一步步走了下去，越走越快。时间长了，头也不回了，完全丧失了做人的原则，变得习惯、麻木，彻底堕落了。

人生是一条河，那么人生的时光犹如东逝之水，汩汩滔滔，永远没有倒流之时。人生是一场戏，那么这场戏将没有任何形式的彩排，自编自导自演，直接登台，展示给观众。浪费过去固然可惜，眼前的拥有弥足珍贵。

当我们还沉浸在"早知今日，何必当初"的追悔之时，切勿忘了眼前脚下的时光也在一点一点的塌陷。

常常听到这样的感叹：假如能够回到从前，我一定会好好的珍惜每一天；假如时光能够倒流，我将会一步一步比别人走得更精彩。然而逝者如斯，时光永是向前。世间一切都可得，唯独难买后悔药；任凭你怎样追悔，不能改变的是自然法则，我们的每一天每一步都已镌刻在时空的隧道上，无法涂改。

人生没有下一次，只有这一次。今天不忏悔，明天就后悔。

## 跌跤是一件不可预测的事情

人生在世，很多时候，跌跤真是一件不可预测的事情。前几日早上，我下楼的时候，由于匆忙，一不小心一只脚踏空，趔趄着跌了一跤，结果到办公室，隐隐作痛，掀开衣服一看，小腿出现瘀紫的斑块。

由此我想，我们的一辈子，永远不知道，自己会在何时何地，会以何种姿态跌上一跤。

中午回到家，电视里是 100 米决赛。8 名运动员一字排开，发令枪一响，运动员们像出膛的子弹，一个劲地向前飞奔。其中有一位运动员，身材高大，步伐快速，一直跑在最前头，在冲击终点线时却突然跌倒，将冠军拱手相送。

看到他满含眼泪的表情，突然意识到，人的一生，往往会因意外的一跤，失去最辉煌的瞬间。

下午，小腿隐隐作痛，正想到医院治疗，突然接到同学的电话，说张同学受伤了。我哈哈大笑，这家伙一直强壮的像头牯牛啊！怎么摔了？此君原来在一家机关上班，因忍受不了约束，就辞职下海；结果几年下来，挣得是盆满钵溢，成了地道的土豪。这个土豪原来有一套200多平米的房子，近几日忽然心血来潮，说房子太小，买一套别墅吧！吃完中饭，就到本城最高档的小区选房，看房时一个不小心，从台阶摔了下来，造成髋关节骨裂。我赶到医院，只见这家伙正躺在床上，面前还放着笔记本电脑。我说，你这鸟人，摔得这么重，还有心情玩游戏？他说，我这是看今天的股市行情呢！

看着他受伤不下火线玩命挣钱的表情，我得出如下思考：人的身体多么脆弱！你肉体再强壮、再有财富，哪一块骨头，都经不起小小的一跤啊！

晚上，刚吃过晚饭，一阵急促的电话铃响起。以前的老同事急切地告诉我，老朋友斌正在急救室抢救，恐怕不行了。我疑惑地问，为什么？斌身体不是很好吗！怎么会呢？

再次匆匆赶到医院。急症室门口站了很多人，斌正在被抢救。他躺在一张床上，戴着氧气罩；两个年轻的医生在给他做心脏按压；一位年纪大一点的医生，拿着听筒在斌的心脏前移动。斌面色苍白，目光紧闭，嘴角还留着淡淡的血迹。听人说，他是在上班路上跌倒，被人发现后报警转来的。医生们虽然还在竭尽全力抢救，但我明白，斌其实已经离世了。医生们这些动作，是一种职业的需要，再大的努力都是徒劳。他的肉体，在这个秋天，也许只剩下最后一丝温温的热度了。

一切抢救手段都用完了，准备将斌的遗体送往太平间的时候，他的妻子、同事和他那只有十多岁的孩子都涌上来了。孩子看着父亲辞世，先是摇头，继而放声大哭，声音在这个秋天异常凄凉。

斌以前是我同事，出生农家，父母皆亡。贫苦的童年，不幸的生活，使斌成为那种什么都想干出成绩的人。这么多年来，斌一直是不分白天黑夜地工作。如今的他，已官至处级，仕途正是顺风顺水的时候。几天前忙碌的他，发现自己胸闷、腿脚浮肿，妻子说，到医院看看吧。他听着，点着头，可过了一会儿，又忙碌起来，直到跌倒再也没起来。

心情异常沉重的我，望着窗外漫天的繁星，再次感慨：人生的路其实很短，我们每一个人，尽量要慢慢行走，不要过快地奔跑，否则一跤跌下来，真的后果不堪设想。

夜里睡不着觉，躺在床上看书，读到某高官因贪污腐败沦为阶下囚的报道，忽然想说：人的一生，不可预测的跌跤有多种形式，有的是形而上的，有的是形而下的。短短几十年光阴，走的每一步，上的每一个台阶，都要踏实，稳重，都务必在心灵深处放置"小心地滑"的警示标。

# 认识自己

现代人，最大的毛病是不认识自己。人人感觉良好，沉浸在自我陶醉之中，没有人会说，我是脓包一个。许多时候，乱跳的心，像墙上的指针，嘀嗒嘀嗒一指一圈，唯独不指自己。

这类人，总认为自己聪明绝顶，从不糊涂。无论说话，还是办事，总是以"我"为中心，动不动就是"要是我，会怎样怎样……""换成我，又会如何如何"！仿佛天底下之人，都是笨蛋、无能之辈，他是最有智慧的。不认识自己的人，总认为自己能力了得，社会不给他机遇。常常觉得自己学富五车，才高八斗，怀有绝技，是挂帅拜相之大才，是拯救黎民与水火的旷世高人。可关键时刻，他退缩了，最多只干些劈掌击水，抬脚踹风的活儿，连三尺外的朽木都视而不见。不认识自己者，往往与小人得志联系在一起。一旦拥有权势，便分不清东西南北，自己不知道自己是谁了。傲慢的表情，狂妄的言行，连几十米宽的马路都容不下他。其实，他只是雾里的花，水中的月，一旦某日权财皆失，连条狗都不如。

当然，不认识自己者，还有一副失败后自找台阶的嘴脸。他常会说："真他妈的不巧，怎么这么背？不然，哼！"末了，还来一句："下一次，看我的。"七个理由，八个借口，自己倒成了局外人。

　　不认识自己者，最大的优点是认识他人。议张三，说李四，道王五，他的话匣子一打开，没完没了。那如炬的眼睛，不烂的舌头，灵敏的脑袋，把别人的骨子都穿透。这时，他又成了看人最准的"伯乐"了，不过，别人可不是什么好马，而是"瘫马"，他是自己欣赏自己的"千里马"。

　　不认识自己者，钻进"套子"，也不承认自己是套中人。搞腐败，会说，被人把钱送上门来，我不要白不要嘛！他搞婚外恋，会说，男人嘛，哪个不拈花惹草！他玩权弄谋，会说，我这是为了生存，懂吗？他干坏事，决不承认自己亏了良心，顶多也只承认是"偶尔"失足一下。总之，他从不觉得自己品行出了问题，人格发生了扭曲，他感觉良好地认为，他得到的一切是应该的。

　　不认识自己者，绝不是十恶不赦的坏人、恶人，有的还是大善人。他的对象非常广，大到上流社会的达官贵人，小到社会底层的普通百姓。他们有爱，也有恨，不过，许多时候，他们的心智被蒙上了尘埃。常识问题上的失态，大是大非面前的失向，金钱美色面前的贪婪，使他们的自知之明钻进了黑暗的胡同。他们在虚荣心得到满足的同时，最缺乏的就是撒泡尿照照自己的精神。

　　最后，奉送天下所有迷失自我者一剂良方。要彻底走出自己，就要常给自己狠狠戳上一刀，见红、见血，然后撒点盐，尽管有些痛，但那绝对管用。不信，请君一试。

# 给自己留条路

　　看到一则故事：说有一天，一条狼在山脚下发现了一个山洞，许多动物都从这里经过。狼非常高兴，它堵上洞的另一端，单等动物们来送死。第一天，来了一只羊，狼追上去，羊拼命地逃，从山洞里的一个小洞逃掉了。狼很沮丧，它搬来石头堵上了这个洞。第二天，来了一只兔子。狼奋力追捕，没想到兔子从侧面一个小窟窿逃走了。狼很生气，它一口气把类似大小的洞全堵上。第三天，跑来一只松鼠，狼飞奔过去，追得松鼠上蹿下跳。最终，松鼠从洞顶的一个小孔钻了出去。狼气急败坏。这一回，它仔仔细细地检查了山洞的里里外外，把所有缝隙堵得严严实实。"就是一只蚂蚁也休想钻出去！"狼对自己的工作非常满意。第四天，狼兴冲冲地坐在洞旁等待，没想到，走进洞来的是一只老虎。狼吓坏了，拔腿就跑，老虎穷追不舍。狼在山洞里绕来绕去，但所有的出口都被它堵死了，根本没法逃脱。最终，狼在山洞里变成了老虎的美餐。

　　狼为堵住别人的生路而沾沾自喜，它忘了，这同时也阻断了自己的后路。想一想，现实中的我们，许多时候，也像狼一样，一直在内心深处进行着一场贪婪与仁慈、傲慢与宽容的鏖战。往往为了一时的自我满足，非要把"威胁"自己的对手击败，才感到成功和有快意。殊不知，置别人于"死地"，不为他人留有一点余地的同时，把自己原本退去自如的后路断了，是一种得不偿失的愚蠢行为。

再看看身边那些一朝拥权得势者，居庙堂之高时，便像狼一样，狼毒的要将所有屈居他之下的人，踩在脚下，没有半点空间。说话办事，全都以自己为中心，狂妄的自己是谁都搞不清，作为人的最起码的标准都被他们扭曲了。这类人，他们在风光无限、感觉良好中，做人的"后路"早被抛之脑后了。他们狂妄的觉得，普天之下，自己是最伟大、最值得人尊重的一个。结果一旦某日权财皆失，所有的人都离他而去，他成了像狼一样没有任何退路的"落水狗"。

其实，生活中的我们，要学会"双赢"，你给别人一个机会，别人就给你无数个机遇；你给别人一把土，别人就会回报你一支鲜花。就像一只猴子，你给它一棵树，他就不停地攀爬；就像一只老虎，你给它一座山，他就有了自由驰骋的天地。

永远记住，狼就是狼。与自然界的弱肉强食不同，作为人子，一定要比狼更明白事理。面对心中永不满足的欲望之壑，要时时刻刻牢记，自己有饭吃的同时，也要留一口饭给别人吃。人与人之间，是平等的、是自由的、是集合体。不管权高位重还是平凡如初，都要眼不花，目不盲，耳不聋；得意时，不要忘乎所以，失意时不要悲天悯人。凡事多为他人着想，多为今后着想，心中不要永远"只装着自己"，只有这样，才会给自己和他人留有后路，不至于像狼一样，自己把自己葬送了。

## 今天永远不知道明天怎样

任何一个人，即使再伟大的人，今天永远不知道明天怎么样！很多时候，生命里的明天就是一场未知。在未知中，我们一天天向前不停地攀行。

我有一个朋友，是那种没有白天黑夜，只为理想疯狂工作的狂人。去年，刚刚三十而立的他官至处级，谓仕途正是顺风顺水的时候。有一天，忙忙碌碌的他，突然感觉自己胸闷，腿脚浮肿，妻子说，到医院看看去吧！他听着，点着头，可过了一会儿，他又没命地忙碌着，拼命折磨身体上的每一个细胞，直到第二天倒在上班的路上再也没起来。

还看过一个故事，说的是著名画家黄永玉先生，在老家湖南凤凰和北京、香港及意大利都有自己的住宅，并且都是大房子，这些大房子一律都是大窗户，宽敞到可以让人在里面自有徜徉。我当时就想，为什么要这么大的窗户呢？后来，读到他的写的《窗口》一文，忽地明白了，知道那不过是他年轻时的一个梦。也就是说，一无所有的时候，他已经提前预约好了这场精彩的奢华精神盛宴——一扇大窗户。于是，之后的物质积累，只是为了抵达今天的目的地。

前几天，我因公外出坐的是高铁。恰好，那天有一辆动车因为某个原因出了一点故障，结果被媒体暴露出来。本应周日到家，周六晚上，母亲突然给我电话，劈头一句："你怎么还没有到家？"电话那头的我一愣，说："你弄错日子了。今天是周五（我也慌乱出口误）。您不要紧张。"母亲哦了一声，再次告诉我："我不紧张，你也不要紧张！"挂了电话。

当下，物欲横流。我们活着，究竟要干什么？一天到晚，不安分的心，写满了欲望和贪婪。不停地跋涉，不停地为了心中的理想，拼命地奋斗。我们很多人，把今天弄得太复杂了。权利要比别人大，金钱要比别人多，生活要比别人幸福，如此等等，却忘记了本属于自己明天的真正幸福。

有时候，为了所谓今天"面子"和明天的"里子"，我们妒忌，我们不择手段，总之，在花样百出中，想尽各种手段去获取。结果到手了，生命却突然开起了玩笑，你忽然得了一场大病，忽然……于是，所有的盛宴，便随风而去。生命真的成了一场梦。

岁月就像飞逝的时光，每天都是一个未知的世界，明天是否更美好，谁也不知道，但真如泰坦尼克号的那位画家说过：过好生命中的每一天，这就足够了，不是吗？

其实，我们的人生就是一场抵达。这场抵达，就是一路看风景和看风景的心情。与你的家人、爱人、朋友，共度好每一分每一秒，才是最宝贵的人生时光。

所以，一个热爱生活的人，别轻易地承诺明天。过好了今天，也就幸福了明天。

# 人生总有"下山时"

对于唐代大诗人韩愈先生，我们一直都给予很高的评价。他不仅文采一流，成为当时文坛领袖，而且官也做得顺风顺水，直至最终官拜兵部侍郎、吏部侍郎、京兆尹等职。就是这样一个显赫的人物，他的一则"下山"的故事一直让我思考。

故事发生在一千多年的一个金秋。时日，金风送爽，艳阳高照。韩愈先生凭借文坛领袖和官场"大腕"的双重身份，莅临自古只有一条路的华山游玩。"领导"的到来，当地官员以及文人雅士，自不敢怠慢。众人好话抢着说，恭维话使劲地说，一帮人前呼后拥，簇拥着韩大师，往华山之巅攀登。有这么多人一起陪着捧着，韩大师心情颇好，又说又笑，不知不觉就攀到了华山之巅。站在华山之巅，韩大师感慨万千，只见巍巍华山，像是一架从天而降的天梯，放眼望去，山峦、河流、平原尽收眼底，被一路吹捧的飘忽飘忽的韩大师，不禁感觉到另一种的"一览众山小"。

美好的时光总是很短暂。不知不觉中要下山了，刚才还兴致颇高的韩大师，低头一望，猛然发现下面是千丈悬崖，万丈绝壁，顿时吓得头重脚轻，也不顾众多的下属和文友在身旁，先是愁眉苦脸，继而一屁股瘫坐在地上，放声哭了起来。

众人皆大惊失色。有人说，首长，您别急，我们找个樵夫抬您下山；有人说，我们背着您下山。身为"领导"的韩愈大人，哪肯在众人面前跌相啊！均黯然地摇摇头。怎么办？一帮陪同人员急得面面相觑，如同热锅上的蚂蚁。正在这时，有一个山民走过来，跟韩愈说，您把下山当成上山不就行了吗？这句话一下子提醒了陪同的一位地方官员，他知道，韩愈这么多年，一直想在政治上有更大的抱负，皇帝虽然对他的诗文很欣赏，但在政治上一直没有给他更大的平台。于是，他心生一计，让人快速下山，然后再派人快速上山，就说皇帝的圣旨到了，要韩愈立即下山接旨。

此招果然灵验。韩愈听说有皇帝阁下的圣旨，立马忘记了疲劳和紧张，站了起来，迈着有些哆嗦的步伐，沿阶而下。一路上，韩愈只顾下山，全然忘记欣赏美丽的风景了。他把"下山"当成了另外一种形式的"上山"，很快就到了山脚下。

韩愈一千多年前下山的"囧"态，我们现在无法得知。但"上山容易，下山难"这句古语，让我们品味人生之路何尝不是如此呢？人的一生不可能永远处于一种"上山"的状态，一定时候，"下山"是必然的事。

登山运动员要下山，做官的要卸任，生命从呱呱坠地，到耄耋老人，再到行将就木，灯枯油尽，谁能说这不是一个从上山到下山的过程呢？如果一辈子光想着上山痛快，而对"下山难"毫无思想准备，势必要遭受挫折甚至失败。

上山时，意气风发，信心满满，是因为有希望在召唤；下山时，失魂落魄，惊慌失措，不仅仅是身体的力不从心，更是内心的焦虑失衡。有一些人，在人生的奋斗中，一步一个脚印，一步一个台阶，直至人生顶峰，却在临近退休"下山"时，心态失衡，放松警惕。有的无视国法，疯狂敛财，晚节不保；有的迷恋昔日的权力地位，对组织曾经的培养关怀，牢骚满腹，终点迷失了方向，落得个"一失足成千古恨"的下场，给自己人生画上了一个触目惊心的感叹号！

上山下山，乃是生命之常态。怀着一颗敬畏、平常的心"下山"，不仅是一种健康的人生态度，更是一种脱俗的智慧。正确对待人生的"上山和下山"，需要我们每个人践行和深思。

# 风光的另一面

　　1998 年诺贝尔物理奖获得者，美籍华人崔琦在接受人物访谈时说，这一生给人很大震撼的并非他如何刻苦研究获得诺奖，而是小时候的故事。他出生在河南农村，10 岁前从没读过书，就在家里放羊、养猪。10 岁的时候他姐姐找到一个在教会学校读书的机会，就想让弟弟到香港去读书，他父亲对独子要远行是不大愿意的，因为男孩大了可以帮忙干农活，但他妈妈却非常坚定要送儿子去读书，这一走成了他与父母的永别，父母在后来的大饥荒时都活活饿死了。

　　如今功成名就的崔教授，每当别人听完他的故事，都会这样问他，那个时候妈妈没有送你出去读书，你如今会怎样？

　　答案是希望听到教授会说，是知识改变了他的命运、很感谢妈妈之类的话。但是崔教授却说：我宁愿当时妈妈没有送我出来，农村家里有一个儿子是很重要的，如果我当时留在农村，或许我一直不识字，但我父母或许不至于饿死。

　　崔教授此番话，给我带来极大的震撼。

其实，世人眼中的成功只有一瞬间，许多人只看到成功者头顶上的花环，而很少去了解他的过去，他人生曾有过的艰辛和坎坷。人生更多是由困境组成，困境是常态的，成功是中间一个非常态的。每个人不管在什么样的阶段，什么样的阶层，拥有如何的财富和盛名，他的困惑和矛盾我觉得都是共通的。

至于对成功的定义，并没有一个特定的标准模式。"成功的人不外乎单纯和热情。""你对一件事真的就是一根筋，你很单纯地喜欢它，你有不熄灭的热情追求它"，这个就是所有成功的人的共性。

任何患得患失，朝三暮四的人，很难取得成功。

所以，人生的成功不能完全以外界的评价来看。

# 说 "吹人"

这年头，有"闲人""玩人"，还有一种特爱夸张的人，我们称之为"吹人"。

"吹人"多是聪明人。嘴一张，话一出，便能芝麻变绿豆，便能石头开花，便能稻草成金条，便能黑的变成白的。总之，那不烂的舌头，灵敏的脑袋，能让你觉得一切都是真实的。

吹人"吹"起来的形式多种多样。有的夸夸其谈，只说不做。这类人叫得比别人凶，做得比别人少，是语言的巨人，行动的矮子。有的弄虚作假，抬高自己。这类人先进经验信口炮制，典型事迹随手拈来。掐头去尾，移花接木，目的无非是让自己的形象"高大起来""丰满起来"。有的装腔作势，哗众取宠。这类人无所不知，无所不晓，无所不能。其实是扯大旗作虎皮，头重脚轻，嘴尖皮厚。

通常情况下，爱吹的人也是健忘的人。他往往喜欢头脑发热。自己过去是如何吹的，如何神乎其神的，吹过也就忘了，抛脑后了。所以，他们常常此一时，彼一时，东一榔头西一斧头，让人不得要领。

爱吹的人之所以爱吹，一大特点就是高估自己的能力和成绩。他们自信的认为，自己是无所不会的能人，是登台拜相的大才，是拯救黎民于水火的旷世高人，不宣传自己就是一种浪费。他们忘了别人心里有杆秤，无论是谁，不实事求是，不踏踏实实，别人就不买他的账。到头来，吹牛的人是玩了别人也玩了自己。

"吹"风之所以禁而不绝，除了有深刻的历史和社会根源外，关键是一些人个人主义严重，贪欲膨胀。他们觉得吹的甜头太多了，感觉良好地认为，吹是走向成功的一种捷径，吹是实现自我价值的一种好机会，吹是虚荣心得到满足的最好"良药"。因此，凡事只为自己考虑，做了一点事，生怕别人不知道，自觉不自觉地给自己当了吹手，久而久之，吹成了他们一种工作方式和生活习惯。

吹人泛滥，必然祸及社会，杜绝此祸，需要找准原因，对症下药。一是采取"冷淡法"。对吹人不要太认真，当他在海吹、乱吹的时候，他说他的，我做我的，让其在无趣中没了市场。二是采取"回避法"。吹人最大的"兴奋点"是有人信以为真，这时，你尽量躲避他，不接他的"招"。三是"敲打法"。关键时刻，找准吹人的痛处，敲打他一下，让他感觉别人都不是傻子。轻者刮刮他的鼻子，重者在屁股上重打三十大板，然后告诉他，吹牛不缴税可以，但没有说，吹牛不惩罚，让他无地自容如何？

## 人生的两个时刻

　　一个人一生希望两个时刻隆重，一个叫婚礼，一个叫丧礼，婚礼的时候没本事，指望葬礼隆重一点。我告诉你，丧礼有多隆重，和你是谁没关系，能参加你丧礼人的数量主要取决于天气。天气好了，大家看热闹；天气不好，谁去看你？看你还要惹来不好心情，算了，茶凉了，所以别以为你很重要。要学会体验一个好过程，实在想不开怎么办？就参加一次别人的葬礼，你发现再大的学问，再多的财富，再大的权利，都是一股烟，你全放下，连骨灰都得放下。

　　也许有人说，绝对想明白了，为什么平时心情那么不好呢？有什么用呢？最后还是一股烟上去了。绝对要保持好心情，过两天忘了，忘了话再找机会。

　　参加一次别人的葬礼，这样想来想去，就会学会淡泊而后求知，能得到就得到，得不到的没关系，反正是多点少点没关系，大点小点没关系，高点低点没关系，努力达到最好，达到次最好已经满意了，这就是阿Q精神加成功学，然后阳光心态：知足、感恩、达观。

为什么要塑造好心情呢？生活因为热爱而丰富多彩，生命因为信心而瑰丽明快，激情创造未来，心态营造今天。如果你心情好，你会发现沙漠会为你唱歌，小鸟会为你起舞；如果你心情糟糕，你会发现开放的玫瑰在流泪，奔放的小溪在哭泣，这叫境由心造，相由心生。

生活就像一道自助大餐，吃什么是你自己的选择，选择什么你就会得到什么。如果你说你是个倒霉蛋，你会找到无数的事实说明你就是个倒霉蛋，如果你说你这人真的很幸运，你会找到无数的事实说明你就是个幸运儿。

再比如一只蜜蜂，因为太贪吃，结果沾了太多花粉都飞不动了，人也是如此，太追求完美的人，总是太累。所以心态营造今天。带着阳光心态，缔造阳光生活，走向阳光未来。我们就健康快乐！

# 倾听反话

人生在世，免不了与各色人等打交道。交往过程中，彼此交谈是不可或缺的一环。对方要么对你称赞一番，要么对你说些不恭不敬的话。对于称赞、表扬这类高帽子，自然没有人拒绝的；而对于批评或者反话，就大不相同了。这是很让人心堵的东西，轻者，让人面色发青，嘴脸难看；重者，气堵血淤，肝火旺盛。

举个例子，比如你某日做了一个自认为很得意的事，而旁边人的看法却恰恰相反，意见很大，甚至怨声载道；而碍于情面，当面不说，还要曲意奉承，连声叫好，颂扬备至。在这种情况下，如果你是一个头脑冷静的人，就需要"反听""反读"，从中听出、读出其中的弦外之音，进而有所反思。

我曾经遇到过一个事例，某人写了几篇不太成熟的文字，一些人鉴于他的权利和地位，就在他身边不停地"放卫星"，说他的文章可以超鲁迅，留百世，等等，他本人呢，就以为是真的，扬扬得意之情流于言表，殊不知，人们在背后的议论，足以令他无地自容。

所以说，作为一个有头脑，有思想的人，尤其在某些方面有点成绩的人，学会听反话，是一件说起来容易，做起来难的事情。明代学术大师宋濂曾写过一篇叫《阅江楼记》的文字，文字写的时候，当时皇帝朱元璋阁下，刚刚定都南京，准备在金陵修建一座"装京华以镇遐迩"的阅江楼。宋先生在写的时候，多为歌功颂德，实际暗含规劝，话里有话。朱元璋阁下看完此文，在拍案叫绝的时候，读懂了宋濂"寓规劝于歌颂，寄忧思与美言"的忧患意识，结果，放弃了大兴土木、劳民伤财的形象工程。

朱元璋阁下能在正话里听懂反话，也算是一个聪明人。反观当今一些权高位重或自认为是大师的人，听反话的"免疫力"就显得差多了。譬如某些手握权力的官员，天天在好话、恭维话中，渐渐迷失了自己。他们不知道自己的缺点在哪？不知道自己几斤几两了，直到有一天栽了跟头，才恍然大悟：自己是在"甜言蜜语"中被冷枪暗箭击中了。

人是自然的主宰，独自思考而不吸纳意见，我们容易偏执；一味听取而不加以思考，我们容易迷失。真正的智者是善于思考着倾听的，为了让自己的智慧之河永不干涸，我们应该在思考中聆听来自别处的声音。学会倾听反话，将会带给我们无穷的力量。正所谓，群山威武却依然聆听小溪的叮咚之响；垂柳轻柔却依然倾听风的细语，起舞风中，更增风致。倾听反话，是一种姿态，是一种与人为善、心平气和、谦虚谨慎的姿态。有了这种姿态，就能做到海纳百川、胸中有气度。

字字都是歌功颂德，句句都是替你作想，未必是好事。只有多听反话者，才不会当傻瓜。

## 零言散语

　　某个食物好吃，如果我们频繁的吃，就会造成营养不良。一个睡觉姿态很舒服，但如果我们总保持这样，光使用一块肌肉，不锻炼其他的肌肉，我们的肌体就会失去平衡。

　　如果说各种各样的自然灾害或者人为灾害是人类的病毒的话，那么牺牲精神就是人类的免疫系统，它总在关键时刻，出来拯救人类。

　　牺牲有各种各样，有明显价值的牺牲，有价值微小的牺牲；有轰轰烈烈的牺牲，有默默无闻的牺牲。正是这些各种各样的牺牲，促使人类渡过难关。

　　一个朋友事业有成，就喜欢上锻炼了。他锻炼的方式是喜欢爬楼梯。那天，他叫上我，说我俩一起爬楼梯吧。我说，你爬吧，我在楼下看着你。朋友就一口气就爬到了楼顶。他站在楼顶上对我说，我看你很渺小啊！我站在楼下，大声对他说，我看你也很渺小啊。

前一阵子，朋友妻子喜欢上了吃鱼肝油，说，多吃这玩意，能保持细胞代谢，使人年轻有活力。她一下子买了上千元的鱼肝油在家。谁知过了几天，有份报纸说，多吃鱼肝油会使人胆固醇增高，易引发高血压和心脏病。结果，朋友的妻子把千元的药品全部扔了。

所以，很多时候，我们只知其一不知其二，听风就是雨，赶时髦、随大溜，也是愚蠢的表现。这种愚蠢，不是上当受骗，就是赔了夫人又折兵。

看到一档电视栏目，是对一个名人访谈的。当记者问到，你觉得这辈子对你诱惑最大的是什么时，这位名人毫不犹豫地说，是钱。接着，这位名人说，前几天，有人让我给一个楼盘剪彩，最高价开到了 50 万元一剪子。结果我还是没有去。记者又问："那是为什么？"

这位名人是这样回答的："我觉得我抵御不住。我是一个没有办法控制自己的一个人。所以我想，一旦我爱上了剪彩之后，谁也拦不住我。我唯一的办法是别去碰它，别去沾这个事。"

雄狮猛虎陷入樊笼，甘心充当由饲养员精心喂养的贵族，它也就只剩下一副威武的空皮囊了。如果一个人，每天除了吃喝玩乐，还会出现什么情况呢？

我爱抽烟，但我习惯用火柴。每次点烟的时候，我都随便地从火柴盒里抽出一支擦着。那天，遇到一位烟友，我很客气地拿出一支火柴，恰巧这是一支很小的火柴棒，只听"嚓"的一声，火苗就着了。帮他点着烟后，朋友对我的火柴盒感起兴趣来，他看着里面大大小小的火柴棒，说，看看，人生就像火柴棒啊！大的不一定首先发光，小的也不定就后发光。我想，他说的确实有道理。

我们常听说，某某人的话太多了。这里所指的"话太多"，并不一定说他讲的话多，而是指他讲了不该讲的话。

人生就像猴子爬树，往上看全是猴屁股，往下看全是猴子笑脸，然后说一定要往上爬啊，爬不上去就烦恼，看见屁股就烦恼，你以为爬上去就没事了吗？爬到最顶端的猴虽然看不到猴屁股了，但是鹰隼会伤害它；树枝是软的，它会掉下来，而且会摔得厉害。因此它关心树不要倒，树倒了它摔得最狠，因此它要保护好这棵树。

第三辑　忍痒

## 知足须忍痒

知足常乐这一古老的命题，在当今纷繁杂乱、诱惑多多的世界里，我看应是我们立身处世、自制自律的金玉良言。

曾读过"齐人攫金"的故事，说齐国有个财迷，整天想着要有许多金子。一天，他来到集市上，看到一家金店，直奔柜台，揣起金器就跑。几个路过的巡吏将他抓住。县官审问他："当着那么多人，你竟敢去抢别人的金子！"那人这才清醒过来，答道："我拿金子的时候，只看见了金子，除此之外，什么也没有看到。"

明代的刘元卿曾撰写《王婆酿酒》的寓言，读来颇为有趣。王婆以酿酒为生，有个道士常到她家借宿，喝了几百壶酒也没给钱，王婆也不计较。一天，道士说，我喝了你那么多酒也没钱给你，就给你挖一口井吧。井挖好后，涌出的全是好酒，王婆自然发财了。此后道士又问王婆酒好不好，王婆说，酒倒是好，就是没有用来喂猪的酒糟。道士听后，笑着在墙上题了一首打油诗："天高不算高，人心第一高。井水成酒卖，还道无酒糟。"写完之后，这口井再也不出酒了。

这些故事、寓言告诉我们，当一个人该知足而不知足时，就会目眩神迷于五色之惑不能自拔，成为贪欲的奴隶。古人总结教训"知足不辱，知止不殆"，就是说知道满足的就不受辱，知道适可而止的就不危险、可以保持长久。"人贪酒色，如双斧伐孤树，未有不仆者！"一个人，尤其是执掌权力的人，一旦对自己的地位、待遇仍不知足，欲壑难填，迟早会出事。那么，如何识高低、知满足？这道问题确实考验着每个人的抵抗力和免疫力。

现实生活中，知足之乐是以忍痒换来的。权力、地位、金钱、美色，对人的诱惑和杀伤力极大，见之"心痒"可以理解，关键是对非分之利要忍痛忍痒。有位县官死后留下一只小木箱，后人打开一看，是满箱血迹斑斑的草纸，以及一封信件。原来这位县官生前面对贿银，内心也曾一次次发痒。为戒贪拒贿、煞住心痒，他以锥刺股，以纸拭血，久而久之，满箱皆血纸。信末，他以苏轼名言告诫儿孙："忍痛易，忍痒难！"

极少数位高权重的"聪明人"，书读得比别人多，见识比别人高，可关键时刻，忘记了祖宗的良言，忘记了前车之鉴，见利便如蚁挠心，奇痒难支。一些几十年一尘不染的官吏，最终经不住诱惑，由"心痒"到"手痒"。结果"伸手必被捉"，成了阶下囚。

其实，"知难不难"。古人云："一念收敛，则万善来同；一念放恣，则百邪乘衅。"对一个具有正常思维的人来说，忍住痒，守好清正廉洁的总开关，关键是要修身慎行、怀德自重、清廉自守。各种"诱惑的痒"少了，才能心明眼亮，识别出什么是鲜花、毒草，什么是阳光大道，什么是陷阱；才能在人生的任何关口，都经得起诱惑，躲得过围猎，守得住底线。

## 要做大事不做大官

近日读书，读到作家孙犁的简介。这位现代著名作家，是 1937 年投身革命的老八路，一辈子最高的职务是《天津日报》文艺科副科长。副科长这个职务，在官衔多如牛毛的"乌纱帽"中，可以说微不足道。按现代的话说，也就是一个办事员。然而，就是这样一个职务"卑微"的人，却用自己的才华和智慧，写下了不朽名著《荷花淀》，并被收入中学课本，教育了无数后人。

按孙犁当年的资历、威望和能力，绝对是大师级别的人物，谋取比副科级更高的职务，应当说是小菜一碟。与其同期进入文学圈的作家，当上大官的不乏其人，但孙犁非但没有对高官厚禄孜孜追求，反而多次委婉拒绝了升迁的机会，始终让自己坐在副科级职位上。他这种甘于寂寞、耐得清贫的"要做大事，不做大官"的品格令人肃然起敬。

1992 年底，天津百花文艺出版社社长和一个编辑，抱着一个纸盒子来到孙犁家中，那是八卷本的《孙犁文集》。好几天，孙犁看着这些书，觉得自己的一生都在这个不大的盒子里。在文集的自序中，他坦言：不管经过多少风雨，多少关山，这些作品，以原有的姿容，以完整的队列，顺利地通过了几十年历史的严峻检阅。作家贾平凹对孙犁的淡泊名利颇为敬佩，感叹道：孙犁敢把一生写过的所有文字都收入到书中，这是别人所不能的。在中国，经历了各个时期，从青年到老年，能一直保持才情和作品的明净崇高，孙犁是第一人。

晚年的孙犁退守书斋，做起"宅男"。他很少出门，唯一一次是因为丁玲专程登门拜访，他才不得不回访。对于送上门的名誉，他能推则推，并写诗自嘲："小技雕虫似笛鸣，惭愧大锣大鼓声。"

孙犁作为文化人，根据自己的气质，找准自己的位置，不被外界各种风景所诱惑，坐冷板凳，吃粗茶淡饭，平心静气地写作，实在难得。孙犁的另类，也使他摆脱了世俗的沉重紧身衣，在自己构建的精神王国里自得其乐。

三百六十行，行行出状元。官总是要有人做的，文章总是要有人写的，但先决条件是自己要有能耐做，如果没有条件勉强做的话，效果肯定不会好。人生是丰富多彩的，道路的选择，说到底是对人生价值的选择。人生只有一次，不可重复亦不可逆转。如何让有限的人生变得更有意义？副科级大师孙犁的淡泊、宁静、致远的品格，永远是我们为文、为人、为官的榜样和楷模。

## 积金不如积德

在旧有观念里，总认为给子女积累足够的财富，就是对其最大的爱。然而，此举真能保障子女一辈子富足吗？司马光有段著名的家训："积金以遗子孙，子孙未必能守；积书以遗子孙，子孙未必能读；不如积阴德于冥冥之中，以为子孙长久之计。"给后代留什么？司马光在家训中作了最好的诠释。

明朝有位王中丞，总制两广，有一天清查官库所藏的财物时，发现有盈余金三十四万两。当时，国家久无战争，军数少而饷银多，日积月累，遂有大盈余。面对这笔无主可归的公帑，如果王中丞不说，谁也不能查究，朝廷亦不知。他的一位老友劝道："公一尘不染，朝野共知，但此次查到之饷既非下取民膏，亦非侵占国库。公有四子，可稍为之计划，报以三十万两，留四万两分授四子。于公之忠介无损也。"王中丞听了笑着说："如此有如孀居之妇，守三十年节，一旦为儿孙计而改节，不可惜吗？"乃尽数奏报，不留锱铢，人们称赞王中丞是位难得的真君子。后来他历任郡守，诸孙连中数元或中魁元，接续相位，家道久兴不衰。

宋代有位王祐，在做开封府长官（相当于京都行政长官）、兵部侍郎时，奉命侦办魏州节度使符彦卿意图造反一案。王祐花费数月明察暗访，最终也没有查获任何证据。他据实上报，却被贬"徙知襄州"。面对失意，王祐淡定从容，在赴襄州就任前，在自己的宅院内手植槐树三棵，并颇为自信地说："吾后世子孙必有为三公者。"此语后来果然应验。王佑本人虽然没有位高权重，但其子孙却颇受其德影响。儿子后来登上相位。王祐在自己的宅院内手植槐树三棵，承袭达千年。以三棵槐树命名的"三槐堂"，成了山东王家响当当的堂号。

与王祐和王中丞秉公、坦荡、正直的品格相比，浙江绍兴府有位布政官，善于搜刮民脂民膏，贪污积财数十万两，被免官后回乡，买了十万亩良田，在郡中算得上是首富了。他只有一儿一孙，整天不务正业，挥霍钱财，结果都是短命而死。儿孙死后不久，布政官就中风瘫痪，此时家中的财产已经全部败光了。他临终时说："我官做得不能算小，田地买了十万亩也不能算少，都是在我手中置的，如今双手空空，家道衰落。这到底是怎么啦！"

历史上，许多贤臣名吏在"积德与积金"的处理上，都很注重以身示诫，留下了珍贵的精神财富。东汉名臣杨震官至太守，为官不徇私情，教导子孙粗食步行。有亲朋好友劝他，趁大权在握的时候，为子孙多置些产业，杨震笑道，让子孙具备清廉之德，这就是重要的"家财"了。明代嘉靖时期的都御史戚景通，清正廉洁，病重期间，把时年17岁的儿子戚继光叫到病榻前说："为父没有给你留下什么财产，只留给你忠贞爱国之心。"历史证明，戚继光继承父志，成为一代抗倭名将，名垂青史。清代的郑板桥，为政清廉，他对子女要求十分严格。他对儿子说："我不愿子孙将来能势位富厚，不能积造孽钱以害子孙。"他的女儿出嫁时连嫁妆也没有。郑板桥在弥留之际，叫儿子亲自做几个馒头给他吃，当儿子做好馒头端来时，他却已咽气。儿子悲痛欲绝，忽见茶几上有一纸条："淌自己的汗，吃自己的饭，自己的事自己干，靠人靠天靠祖宗，不算是好汉。"儿子这才恍然大悟，明白了父亲要他做馒头的良苦用心。

积德不积金。留给子孙财富，不如培养子孙。让子孙成为国家栋梁和对社会有用的人，这才是留给后人最好的财富。

# 孔子惜清白

对于圣人，我们总是以仰视的目光，来崇敬着，来膜拜着。前几日，在读《论语》时，里面记载的一则关于孔圣人面对绯闻的"趣事"，引起了我的兴趣。

一日，孔子要去会见一个女人，她叫南子。南子是当时卫国国君的夫人，貌美如花，可名声有点不太好。据《左传》等书记载，这个女人作风有问题。孔子去见南子，目的很单纯，是想让南子给自己美言几句，继续留在卫国教学。

孔子怎么去见南子的呢？据《史记·孔子世家》记载："夫人在絺帷中。孔子入门，北面稽首。夫人自帷中再拜，环佩玉声璆然。"意思是说，南子若隐若现地坐在纱帘后面。孔子隔着帘行礼。这时听到玉璧佩叮当声响，像是南子正在里面欠身还礼。

这看似啥也没有发生的故事，后来被他的爱徒子路知道了。子路非常生气地对孔子说：老师啊，这个女人名声很臭啊！你这样做，不在乎自己的声誉吗？

听罢学生这番话，一向爱惜自己声誉胜过生命的孔夫子急眼了。他不由得发起誓来，指天对地地说："予所否者，天弃之！天弃之！"用现在的话说，就是："如果我跟那女人（南子）做过什么龌龊事，或者我居心不良，天打雷轰！"

面对指责，圣人也有说不清楚的时候了。孔子一辈子什么事和风浪没见过啊！但他从来没有像这一次这么急，甚至对天赌起咒来。

圣人发毒誓，让人觉得有些不可思议。我们在呵呵一笑的同时，内心却掀起一股波澜。作为社会的公众人物，孔圣人爱惜自己的清白声誉。他追求清白做人的境界，让我们感到由衷的敬重。

古人云："士清其心源，而后可以修身而致用。"孟子说："君子之守，修其身而天下平。"都是一个道理，名誉是用道德与修养炼成的，一个人，要想赢得好的口碑，就要严格约束自己的言行。须知，你的一举一动，有无数双眼睛在盯着呢，一不留神，就会名誉扫地。用文学大师莎士比亚的话说：把名誉从我身上拿走，我的生命也就完了。

## 表里需如一

表里如一是一句中国成语。出自《朱子全书·论语》"行之以忠者，是事事要着实，故某集注云：'以忠，则表里如一'"。意思是，做人须言行和思想完全一致，好的人品，更要表里如一，那种通透感，让人心生仰慕。

宋朝著名的文学家晏殊，14岁时，作为"神童"参加殿试，与1000多名进士同时参加考试，晏殊的成绩很好，第二天复试，晏殊看过题目之后说："这个题目，我十天前就做过，草稿还在，请给我另外出一个题目吧！"结果，晏殊按照新题目当场交出了一份优秀答卷。考官们十分赞赏他的诚实，不偷巧，将来会是个栋梁之材，于是破格任用了他。如果晏殊不说出自己曾经做过那个题目，别人也不会知道，但是晏殊却没有那样做。他为人诚实、言行一致、表里如一，人前人后一个样，所以赢得了信任和尊重，他的美德为世人传诵。

同样，一个人如果内心不堪，会影响灵魂的纯度，就像有些人在利益面前极尽媚态，转身就趾高气扬，时间久了，内心的狡黠不经意就流露出来了。《古代笔记小说选》中有一个小故事，说唐代的工部尚书裴佶，有次去看望其姑父，那天裴佶正巧遇见姑父上朝回来，并且满脸怒气，口中还骂道："崔昭何人，众口称美？此必行贿者也，如此安得不乱！"话还没说完，佣人就传崔昭来访，他大怒，拿起鞭子就要抽打看门人，骂他不该通报：这种人还来拜访我，简直是对我的侮辱。但立即又停住，良久，才缓缓而出，但怒气未消，"束带强出"。谁知，出乎大家意料的事，不久从会客厅里面却传出上茶，继而传出置办酒菜，而且要上等的，接着又传出：快给崔昭刺史大人的马准备草料、仆人备饭的指令！为什么样会出现如此大的反差，裴佶的姑妈也惊讶地问："前何倨而后何恭也"？或许是当时误解了崔昭刺史大人？等送走客人，进入大门之后，"面有得色"的裴佶姑父从怀里拿出"一纸"，原来是"昭赠官绢千匹"，才使这位权高位重的大人，人格和人品在面临考验时竟变换得如此之快！

宋代王安石《周公》中说，夫君子之不骄，虽暗室不敢自慢。品行好的人，从不放纵自己，哪怕自处一室，也不松懈。表里如一的人，时时处处用较高的道德标准约束自己，不阳一套、阴一套，大庭广众之下道貌岸然，背地无人之处胡作非为。文天祥在《西涧书院释菜讲义》中对言行一致，表里如一也做了概括：力行七年而后成，然则元城造成一个言行一致，表里相应。就是说，经历七年的严格的言必行，行必果，造就了一个言行一致，表里如一的良好形象。

现代著名作家汪曾祺一生为人为文，都向真向善，对生活有一种宁让它负我，我不负它的真情。他表里如一，尊重所有的人，他曾在《牙疼》里记叙过这样一件事：我正要出剧团的门，大门"咣当"的一声被踢开，正摔在我的脸上，我当时觉得嘴里乱七八糟，吐出来一看，我的上下四颗牙都被震了下来，假牙也断成两截。踢门的是一个翻跟头的武戏演员，没有文化……他直道歉："对不起，对不起。"我说："没事儿，你走吧。"对这么个人，我能说什么呢？他又不是有心的。他生气，却不咬牙切齿，用己心暖世间，包容丑，涵化恶，那种人品的力量才让他的文字具有独特的魅力。

表里如一，是修己慎独的结果，更是一个人立身处世的基本原则。这不仅是一种人生境界、修养，也是一种自我的挑战与监督，更是一种情操，一种自律精神，一种坦荡。"行不率则众不从，身不先则众不信，""君子修身，莫善于诚信。夫诚信者，君子所以事君上，怀下人也"。这是对诚实守信，表里如一的认知。作为一名有思想者，表里如一就如春日的清风、夏日的阳伞、秋日的金风，冬日的暖阳，使人信赖，让人踏实，让人感动，也会为我们的事业提供更多的正能量。

# 一样的"官帽"为啥不一样的掌声

作为一位体制内的人，见惯了诸多占其位却不谋其职的官员。他们或庸庸碌碌，或得过且过，或公权私有化，把本应该赋予自己为社会、为国家、为他人做事的权利和职责，当成了一种混日子和谋利的手段。

近读历史，读到清代两位戴着同样官帽，却为国做出不一样"贡献"的官场大吏，他们的所作所为，让人掩卷久久沉思。

一位叫成琦，是清末的一位二品大员。另一位叫吴大澂，是清末的都察院左副都御史，相当于今天的监察部副部长。两人一前一后，分别肩负着中俄两国边界勘界立碑工作。

第二次鸦片战争之后，沙俄像切西瓜一样切走了中国乌苏里江以东40多万平方公里的领土。面对俄国人的一步步蚕食，清政府急眼了，派出户部仓场侍郎成琦前往边界，与俄国人进行边界谈判。这个成琦属于皇族系列，用今天的话说，属于政治可靠的人。但就是他，由于长期养尊处优，到达边界后，一会嫌路不好走，一会嫌边关生活质量差。自从领了任务后，就磨磨蹭蹭胡差事。手下给他准备了地图，他看不懂，也不问，干脆扔到一边。

这边成琦整天吊儿郎当喝酒泡妞抽大烟，那边俄国人却一刻也没闲着，他们量定地界，堪测周边，忙得不亦乐乎。埋设界碑之前，俄方代表向成琦提出，这是两国大事，咱们到各点搞搞仪式，以示郑重。成琦面有难色，这还得跑多少路啊，这不得累死我呀？对方顺势说：当然，国际上还有一个变通办法，既然两国友好，双方领导可以不出面，派基层干部具体办就行了。成琦赶紧说这样好，这样效率高！马上指示手下的小吏们跟俄方人员一起去立碑。上梁不正下梁歪，这些人平时作威作福惯了的官油子们，见主子成琦如此吊儿郎当，也就稀里糊涂地由着俄国人设的局一步步入瓮了。

更为诡异的是，俄国知道成琦爱抽大烟，就趁他大烟瘾发作的时候，把早就拟好的所谓双方协议文本拿出来，请成琦签字画押，这时候的成琦哈气连天，哪里受得了，连看都没看就签了字。

由于成琦的不负责任，结果，中方一共8根界桩，俄国人帮着立了6根，每根都向中方境内拼命偏移。最要命的是，最具战略意义的编号为"乌"字的一根，本应距日本海仅一箭之地，后来死活找不着！俄国地盘扩大了不说，中国离大海更远了……以后20余年间，沙俄越界伤人、偷移界牌、"蚕食"我国领土，珲春边境事端不断，且木制界牌损毁严重，"土字牌"也杳无踪迹……

在成琦草草了事的勘界工程25年后，1886年，都察院左副都御史吴大澂奉命过来检查边防工作。这个瘦弱的苏州人，一到边界，便一天也不肯歇息，用很短的时间，就踏遍了边境的每一寸土地。责任心极强的他，入夜秉烛疾书，给光绪皇帝打了一份充满民族义愤和责任意识的报告，意思是，由于风吹雪打和俄方肆意挪动，我方木质界桩早就毁损不堪，如此下去，泱泱中华大地国土都成了俄国人砧板上的肉了，整个东北不保，北京将成为前线！

此时的吴大澂，横下了一条心，面对谈判桌上恶狠狠的俄国人，他"困兽犹斗"。他首先据理力争，要求重立土字碑。俄方强词夺理，说海潮涨到哪里哪里就是大海，现在这个位置就合适。吴大澂驳斥道，全世界都知道江口就是海口！按照你们的道理，哪天海水倒灌到长白山，那长白山也是俄国的？由于依据的是正式条约，俄方又讲不出新鲜道理，很不情愿地让了步。他的大智大勇，给苦难深重的祖国长了一回脸！

　　历经近 5 个月的艰难谈判，使近十万平方公里的土地重回祖国，图们江一百余里原不复为珲春所有的土地，被再次收回。接着，吴大澂提议中俄两国共享图们江出海权。俄国人非常吃惊：这位中国代表与他的北京同僚不同，竟然具备了现代海权意识，于是极为敏感地断然拒绝。吴大澂不依不饶不放手，最终达成了这样的妥协：出海权虽不能共享，但中国船只可以借道出海，俄国不得阻止。从此，中国在法理上有权顺江而下，只要一杯茶的工夫就能驶入日本海。从这里到日本的新潟港只有 400 多公里，比从大连出发要近 600 公里。

　　如今，一百多年过去了。在珲春防川沙丘公园的山坡上，矗立着一座令人肃然起敬的巨型石雕像，身着清代高级官服的吴大澂，方脸短须，双目炯炯，高大、威严、个性鲜明，全无温文尔雅，风流倜傥的江南才子模样。这是人民心目中的硬汉形象。

　　中国历史上从来不缺贪官、懒官，但这艘老旧大船还能够往前走，像吴大澂这样的民族脊梁才是重要的支撑。同样的高级官员，成琦为什么会丢弃国家核心利益、遗臭万年？吴大澂为什么能虎口夺食、名垂青史？这，确实令人深思！

# 目光与眼光

《东周列国志》中，有一则齐威王辨贤的故事，说的是，齐威王为了了解各地官员的工作业绩，喜欢问左右，谁贤谁不贤？

许多人都夸赞阿大夫，说此人热情，客气，不错，能干。齐威王又问，你们说说，哪个不行，于是众人就说，墨大夫那小子不行，自视甚高，还不同我们打成一片。

听罢这些人的话，齐威王并没有贸然相信，而是派人到两个大夫所管辖的地区，仔细省察其治状，考其政绩，弄清了事实真相。

接着，齐威王召集群臣，对"心专治邑，不肯献媚"的墨大夫"加封万家邑"；对"重金贿赂，以求美誉"的阿大夫以沸水烹之，并将平日极力奉承阿大夫的亲信者十几人次第烹之。

自此，齐威王唯贤是举，国内大治。

还有一则故事，说的是宋太祖赵匡胤阁下。公元 960 年，老赵发动陈桥兵变，威逼年仅 7 岁的周恭帝禅位，当时行事仓促，在举行禅位大礼时，未来得及撰写禅文，而此环节又是万万不可少的。正在情急之时，后周的翰林学士陶谷，从怀中掏出一份事先就拟好的禅文从容递上。这份禅位文书，引经据典，笔下生花，活脱脱把一个逼宫篡位之人，歌颂为畏天命，顺天意，识大体的圣贤之君。全文极尽阿谀之能事，无不使人肉麻。

按理，已经位居九五之尊的赵匡胤阁下，对这位雪中送炭，立了大功的陶谷先生，必报以厚恩，委以重任。然而，赵匡胤阁下只给了陶谷物质上的重奖，并没有给予高官爵位。

这一切难道是赵匡胤不识其能，奖赏不当？非也。这恰恰是赵匡胤深知其人，量才而用。赵匡胤知陶谷于情急尴尬之际助己，立朝有大功，但这功劳是见风使舵，投机取巧之为，尤其是精心预谋，献禅文于大典情急之时，可谓居心叵测。

当时，赵匡胤正值建国之初，深知重用一"小人"，会"群小"蜂拥，重用一贤臣，必群贤毕至。所以，赵匡胤才做出令谄谀之人意外、陶谷失望之举。

最终，陶谷虽然没当上高官，但是在翰林的位子上，倒使其文采得以充分施展，成了北宋年间的文坛领袖之一。

纵观历史，历朝历代，无论是基层，还是高层，阿大夫和陶谷之流，均不乏其人。他们或趋炎附势，或投机专营，或卖身求荣，目的只有一个，就是赢得上级首长的厚爱和欣赏。

人生姓名不同，行经各异，实现自我，求富求贵，可以说是人性的必然本性。但是，小人们的阴谋和阳谋是否最终得逞，关键是看"一把手"是否具有火眼金睛的辨别力。

"木秀于林，风必摧之""堆高于岸，流必湍之"。行高于人，往往会受到不公正的待遇。齐威王和宋太祖根据墨大夫的政绩和陶谷的德行来评价他们，而不受左右亲信的欺骗，才使国家大治。而历史上的许多帝王却只根据臣下的巧诈之言来用人，最终导致朝政昏乱，自身也深受其害。所以，一个高明的统治者和管理者，考察一个人最有效的方法是看他怎么做而不是看他怎么说。

历史上，宋徽宗用奢腐乱政的蔡京，明世宗用奸诈狠毒的严嵩父子，明熹宗用擅权误国的魏忠贤，乾隆用八面玲珑的和珅……，而正面的事例也颇多：平原君不计前怨荐赵奢，刘邦用出身贫贱的韩信，曹操用以檄文恶毒咒骂自己的陈琳，唐太宗用犯言直谏的魏徵，等等。

让贤者有其位，阿谀奉承之徒没有生存空间；让实干者得重用，不让说谎弄假之人飞黄腾达；让有才能者有施展才能的平台，不让不学无术之辈盘踞要津。这是每个领导者和管理者的眼光所在。

# 君明臣直

　　读历史，读到唐初名臣裴矩。此人的性格和品行转变，颇值得玩味和思考。

　　裴矩，原名裴世矩，后因避唐太宗李世民讳而去世字。此人在隋炀帝时代，由于博学而很早知名。隋炀帝即位后，甚受重用，一直官至丞相。尽管一人之下，万人之上，风光无限，但裴矩却被朝野同僚一致视为佞臣。

　　原来此人颇会迎合皇帝阁下。裴矩因熟悉西域外交，而深得隋炀帝宠信，每遇到重大外事问题，隋炀帝必喊裴矩前来商议。隋炀帝高兴的时候，常常叫裴矩到他的皇帝宝座上并排同坐，这种现象，是中国两千多年的封建历史上极端罕见的。

　　裴矩很会揣摩"首长"隋炀帝的心思。隋炀帝好大喜功，裴矩就建议在东都洛阳举行元宵庆典，向前来观礼的西域部落展示国家繁荣富强。当时，西域人带来了很多礼物，裴矩却认为蛮夷朝贡的东西多了，大隋朝没有面子，就劝告隋炀帝在洛阳征调四方的奇技、杂戏，向戎狄夸耀强盛，于是，全国数万名艺人召集到洛阳会演，丝竹喧嚣，灯火辉煌，闹腾整整一个月才停止。

不仅如此，裴矩还命人把街道市场整饬一新，店铺铺上地毯，树木缠上丝绸；为炫耀富有，免费向外国人提供食宿，外国人享用美酒佳肴，不用付钱就拍屁股走路。如此作秀，既浪费钱财，又滋生浮夸风。有知情的夷人都私下讥笑他劳民伤财，虚情矫饰。

隋炀帝专横跋扈，荒淫无度，裴矩不仅不进谏，而且在隋炀帝到达东都时，极尽奢华，亲自安排他吃喝玩乐。隋炀帝却称赞裴矩很忠诚，说：裴矩很懂得我的心思，大凡所上奏的，都是我想好的，我没有说出来，裴矩却说了出来。不仅如此，裴矩还迎合隋炀帝好大喜功的心理，冒着巨大风险，讨伐高丽，结果大败。

隋炀帝愈加昏庸奢侈，裴矩不力谏，只是巴结谄媚而已。

城头变幻大王旗。隋炀帝被杀后，裴矩降唐，被唐太宗委以民部尚书。太宗极其憎恶官吏贪污受贿，某日，就秘密派左右亲信，向一些重要部门的官吏秘密行贿，测试这些官员是否廉洁。有个官员果真接受了馈赠的一匹丝绢。太宗很生气，将要杀了他，裴矩进谏说：“老板啊，这个人接受贿赂，确实应该严惩，但您用财物试探他们，接着施以极刑，这就是用罪来陷害别人，恐怕不合礼仪。”

唐太宗听罢，觉得有理，就采纳了他的意见，召集百官说：“裴矩竟然能够当廷辩驳，不肯当面顺从。如果每件事能像这样，何愁天下不能治理好！”

其后，裴矩的人生轨迹发生了360°的大转变。他除了认认真真工作外，一直利用各种机会就朝廷的内外政策，向太宗进谏。昔日那个溜须拍马，曲意逢迎的奸佞之辈再也看不到了，取而代之的是一个正直、清廉，敢于为国家建言纳策的良臣。

裴矩以敢于直谏而为人称道，人皆称裴矩为诤臣。

同样是一个人，为什么裴矩佞于隋而忠于唐？难道有什么灵丹妙药不成？针对裴矩在隋唐的不同表现，司马光这样评述：君明臣直。意思是说，裴矩佞于隋而忠于唐，非其性之有变也，而是遇到了明君。他认为，裴矩前后判若两人，只是遇到不同的君主，做出不同的反应。臣子是直是佞，不是人的本性，关键在君王的态度，"上有所好，下必甚焉"。君为明君，臣子就直；君为昏君，臣子就佞。大臣是君王的影子，身子怎么动，影子就会怎么动。

　　像裴矩这样富有才智的人，只因他遇到了唐太宗这样好的"主人"，才由奸变善，成为忠臣，否则，依然难逃佞臣的臭名的。上梁不正下梁歪。榜样的力量是无穷的。一个国家，一个社会，乃至一个地方、一个单位，甚至一个家庭，现今也如此。

# 高调者的下场

　　蓝玉，明朝初期一猛将也。其大舅哥乃开国功臣常遇春。朱元璋阁下登上大宝后，北元蒙古族势力依然雄踞漠北，与明朝对峙。为了铲除这个眼中"钉"，肉中"刺"，朱元璋便派"骁勇略，有大将才"的蓝玉，数次北征蒙古族。在征伐中，蓝玉建立了赫赫功勋，成为洪武后期的最勇猛的将领。

　　但蓝玉凭借其政绩和贡献，开始居功自傲，日益骄横跋扈起来。早在远征云南时，他就派人到云南私自贩盐，牟取暴利。在靠近贝尔湖的捕鱼儿海战役中，打败元帝脱古思帖木儿后，蓝玉不仅私占掠获的大量珍宝、驼马，还将元帝的老婆据为己有，由此引来许多非议和事端。

　　蓝玉领兵在外，经常想提拔谁，就提拔谁，对老朱的诏令阴奉阳违，有时甚至违诏出师。更严重的是，蓝玉蓄庄奴假子达数千人之多，乘势暴横，并仗势侵占民田。当御史按问时，竟将御史鞭打后赶走。横行霸道，胡作非为。

　　他的所作所为，引起老朱阁下的极为不满，数次责备并大怒说："蓝玉无礼如此，岂大将军所为哉！"但蓝玉还不知收敛，班师至喜峰关，因已入夜，守关明军未及时纳入，蓝玉怒不可遏，竟然纵兵破关而入。

洪武二十六年，锦衣卫官员告蓝玉谋反，称其拟趁太祖朱元璋出行时发动叛乱。朱元璋大怒，遂族诛蓝玉等，并株连蔓引，自公侯伯以致文武官员，被杀者约两万人。朱元璋还手诏布告天下，并条例爱书为《逆臣录》。列名《逆臣录》者，有一公、十三侯、二伯。蓝玉因此被杀，夷三族，坐党论死者一万五千人，史称"蓝狱"，是继胡惟庸案后的又一次大案。

清代另一狂人年羹尧，其曾为雍正登基立下大功。但后来也变得骄奢淫逸，不遵礼制，最后落得个被雍正赐死的下场。

雍正刚即位，青海等地发动叛乱，使得本已经平静的西北局势再起波澜。雍正便命年羹尧任抚远大将军坐镇西宁，指挥平叛。年羹尧经过充分的作战准备，采取"分道深入，捣其巢穴"的战略。在短短的半个月内，各路大军跃进千里，将叛军打得落花流水，稀里哗啦。由此，"年大将军"之威名，大江南北，人尽皆知。

有了"政绩"，老年逐渐不可一世起来。当时，浙江钱塘有个举人叫汪景祺，投书给年羹尧，奉承他是"宇宙之第一伟人"，肉麻地说，唐朝名将郭子仪等人和老年相比，不过是"荧光之于日月，勺水之于沧溟"，还说他"制敌之奇，奏功之速"，历史上无人可及。汪景祺的马屁功夫很到位，捧得年羹尧心里乐开了花，于是便将他收入幕中。后来，汪景祺给年羹尧又上了一书，叫《功臣不可为》。意思是说，年大将军，历史上，功臣难做，您今后还是处处收敛些好，以免惹祸上身。汪景祺规劝老年的时候，正是年羹尧得意之时，他没有理会汪景祺的劝告。

在年羹尧身边还有个叫钱名世的人。此人和年羹尧是同年的举人，雍正二年年羹尧进京的时候，钱名世就恭维年羹尧说，您平定青海有功，该立碑啊。年羹尧一高兴，脑子就糊涂了。他像个被宠坏的孩子，经常做出些超越本分的傻事。譬如在西安都督府，年羹尧也弄得像朝廷一样，令文武官员逢五逢十坐班，辕门和鼓厅也画上四角龙。他给人东西叫"赐"，吃饭称"用膳"，请客叫"排宴"，弄得自己跟皇上一样。在和其他督抚、将军的行文中，年羹尧经常使用皇帝才有的命令口气。就连雍正派来的御前侍卫，年羹尧也只把他们当成前迎后随的下人厮役使用。

年羹尧得胜归来，第二次进京陛见。在赴京途中，他令一些地方官员跪道迎送。到京时，黄缰紫骝，郊迎的王公以下官员跪接，年羹尧安然坐在马上行过，看都不看一眼。王公大臣下马向他问候，他也只是点点头而已。更有甚者，他在雍正面前，态度竟也十分骄横，"无人臣礼"。年羹尧的所作所为，大大地侵犯了雍正的"权威"。

不久，年羹尧接到了雍正的谕旨，旨意大致说："凡人臣图功易，成功难；成功易，守功难；守功易，终功难。……若倚功造过，必致反恩为仇，此从来人情常有者。"这番话，雍正改变了过去嘉奖称赞的语调，警告年羹尧要慎重自持，此后年羹尧的处境便急转直下，直至后来逐渐失宠获罪，被雍正赐死。

位卑而高调，不致死罪；位尊而高调，杀机四伏。蓝玉和年羹尧的结局，应了那句话：上帝要想叫你灭亡，必先让你疯狂。历史上很多悲剧人物，其最终的败局，都是从他高调、跋扈那天开始起。他们最终都会为自己的高调付出代价，有的甚至是生命的代价。

## 炫富的代价

有人的地方，就有贫富之分。穷人的理想，大抵是为了解决每日三餐，填饱肚子，富人们却不是这样，他们除了锦衣玉食，奢靡享受外，有的富人还有一爱好，那就是高调炫富。通过攀比斗富，来显示自己的身份和地位，以满足虚荣的心。个人也就罢了。如果换成国家这个大家当，就异常畸形可怕了。有一个朝代，因为炫富之风猛刮，硬生生地，把一个国家毁了。这个朝代，就是西晋。

这股炫富之风的带头者，首当是西晋开国皇帝，带头老大司马炎阁下。这位老大，在创业之初，也是一位励精图治、雄心勃勃、积极进取的好儿郎。他曾制定了五条基本国策：一曰正身，二曰勤百姓，三曰抚孤寡，四曰敦本息末，五曰去人事。这五大政策的核心是：休养生息，爱护百姓，发展生产。

如果司马炎阁下始终保持这种干事创业的精气神，想必西晋朝野上下，定是一番风清气正，蒸蒸日上的繁荣景象。然而，他没能做到。在灭掉孙吴实现国家统一后，司马炎渐渐骄傲自满起来。歌舞升平，自我感觉良好的心态下，以前制定的五大政策，也开始松动起来，到最后形同虚设。

同所有骄奢淫逸，挥霍无度的皇帝老儿一样，他狂热地爱美女，爱金钱，生活奢靡得可谓一塌糊涂。史料记载，司马炎"诏选孙皓妓妾五千人入宫"，致使后宫美女佳丽太多，晚上都不知道该去何处就寝临幸了。于是就坐上羊拉的车子，车停在哪里就在哪个嫔妃处就寝，结果引来了一段著名的"羊车望幸"的典故。

好榜样产生正能量，坏榜样就有坏结果。有了司马炎这个老大做表率，整个社会奢靡之风刮得就掌控不住，且四处蔓延了。高官石崇，后房百数。大将苟晞，奴婢千人，侍妾数十，终日累夜不出户庭。开国元老之一的何曾，更猛，他吃一顿饭，要花去一万，他的儿子何劭，也是"食必尽四方珍异，一日之供以钱二万为限"。

司马炎有个女婿王济，更生猛。《世说新语》记述，此人竟拿人乳喂猪，以使猪肉更为鲜美。一次，司马炎到其府中，吃了一个清蒸猪蹄，味道甚美，问怎么回事？有人答：人乳蒸的。司马炎快活得频频点头，却不加以制止。

还是这个王济，在京城黄金地段买了块地，建了一个射马场，用铜钱铺地，时人称其为"金沟"，这种赤裸的炫富烧钱之举，引起了另外一位超级富豪的极大不满，此人叫王恺，为打击王济的嚣张气焰，他用一头叫"八百里驳"的名牛跟他打赌，看谁能射中这头牛，赌注是1000万钱，王恺自以为箭法好，就让王济先射，没想到王济那天运气超好，一箭就把那头牛放到了。

以上的斗富只属于小儿科。斗富最有名的故事发生在王恺和石崇之间，两个"土豪"家族为了相互攀比，也是蛮拼的。王恺为了显示家大业大，就用干米糖洗锅，石崇不甘示弱，就用白蜡（过去的蜡烛穷人用不起）当柴烧锅做饭；王恺做紫丝布障40里，石崇用锦做布障50里；

王恺用赤石蜡涂墙，石崇就用香椒泥。斗富斗得难解难分时，王恺把皇帝赐给他的一株二尺多高的珊瑚树拿到石崇面前夸耀，石崇用铁如意顺手就把珊瑚树击碎，然后让人去家中拿出三四尺高的珊瑚树六七株任王恺挑选。言下之意你"牛叉"，我比你更"牛叉"。

互相斗富炫耀的结果，使国家失去了建国之初励精图治的光芒，整个社会变得越来越腐朽，处处透露出一股霉烂的气息。在只有51年的国祚里，动乱、政变，接二连三，几乎就没有消停过。最终所谓的西晋之初的"大康之治"，也成了昙花一现的笑柄。

# 明代酒风与政风

明代是历史上酒风盛行的朝代。在明代的最初国都南京，那里的酒楼、酒肆，比比皆是，市井之上，酒幌随处飘扬。官员们每每"对酒惜余景""有酒纵天真""烂醉慰年华""醉坐合声歌"。一派酒中好热闹的景象。

不过，明代酒风盛行的引领者，还当属皇帝陛下。明代历任皇帝中，无人不饮酒。为了让皇帝享受最美的人间佳酿，皇宫为此专门设立了"御酒房"，由宦官们管理，设提督太监一名，签员数名，专造竹叶青等各种美酒佳肴。

譬如太祖朱元璋先生，就爱来几口，他喝够了宫中的美味佳酿，就常借助微服出访，在村野小店畅饮。某次，他在饮酒时，发现店主对对联有捷才，就把他找来，欲让他做官，但店主坚决辞而不干，而有一个叫任福的人，恰巧来买酒，看到朱元璋出的上联：千里为重，重山重水重庆府。于是立马答到：一人为大，大邦大国大明君。此公马屁如此一拍，如同点中了老朱的"快活穴"，令他心花怒放。第二天，朱元璋便授给他浙江布政使。

自朱元璋后的朱家各位皇子皇孙，没有不饮酒的。明神宗朱翊钧先生格外嗜酒。该阁下终日与嫔妃饮酒作乐，不想过问朝廷政事，同时挖空心思搜刮民财，对胡作非为的矿监、税使百般包庇纵容，使国家机器陷于瘫痪，明朝走向衰落。还有那个万历皇帝，经常饮酒过度，喝得酩酊大醉，稀里糊涂的不知道自己每天在干什么。

皇帝贵为"人父"，其举手投足，皆影响到整个国家、社会。及至明代中后期，饮酒之风盛行于各阶层之中。富贵之家自不必说，普通人家以酒待客也成惯俗，甚至无客也常饮，故有"贫人负担之徒，妻多好饰，夜必饮酒"之说。至于文人雅集，无论吟诗论文，还是谈艺赏景，更是无酒不成会。

普通人小饮几杯也罢，但官宦阶层饮酒成风就可怕了。明初官职左丞相的胡惟庸，是朱元璋坐稳全国第一把交椅后"烹"掉的"功狗"之一。此君身居要职，贪酒好饮，政风不佳。最令人称奇的是，他竟挖空心思养了十几只猴子，穿衣戴帽，经过训练后，这些猴子能行跪礼，会打躬作揖，还会跳舞，吹笛子。如有客人来，便叫猴儿"供茶行酒"。胡就借此在家拉帮结派，形成自己的小团体。还有严嵩父子，这两个贪得无厌的家伙，在查抄的财产中，除了金银百万两外，还有金子做成的酒具，重达一万七千余两。有金酒盂九个，大金酒盂十个，中金酒盂十个……酒具不计其数，令人瞠目。

酒风盛行，使得明代官吏唯知以酒色为乐。有一袁姓松江"父母官"，经常与同年饮酒与曲室，几乎没有心思打理政事，被当地百姓编了一首歌谣在民间流传："明季一知州，日以酒色为事，词讼案牍从无清理，一切委之吏目。某日捉贼两个，吏目审之，一供是买猪者，一供买木者。二人偶语'知也糊，目也糊'。此一时遁词，流传成为市井口号。"这里吴语猪、知同音，而木、目谐音。这个沉湎于酒色的糊涂官，在百姓心中，事实上被看成了猪、木同类，民之口诛。

在明代激烈的政治斗争中，酒有时也成了特殊的工具。魏忠贤把持朝政时，"民间偶语，或触忠贤，辄被擒拿，甚至剥皮，挖舌等等。"平时权高位重的士大夫们，无一夕敢舒眉欢宴。这是因为在一起喝酒，量高了，就易发牢骚，而魏忠贤心腹又无处不在，一旦举发，后果不堪设想。某日，有四人夜饮密室，一人酒酣，骂魏忠贤，其他三人噤若寒蝉。刚骂毕，便有特务将四人捉至老魏处，骂老魏者，即遭到分裂肢体的酷刑，其余三人吓得魂飞魄散。还值得一提的是，明代东厂特务使用的酷刑，就叫"干榨酒"，此痛楚十倍于宫刑。

从酒风可观政风，明代中后叶政治局面一团糟，此乃大明帝国政治集体不断溃烂之结果也。虽然后来的明崇祯阁下发现了此事，欲采取措施遏制，怎奈为时已晚，好端端的大明江山在官宦们纵酒行乐中坍塌了。

# 敢于对皇帝说"不"的人

在古代,皇帝集神权、皇权、族权于一身,是华夏民族最大的"老板",他叫你灭亡,你立马就灭亡,他叫你消失,你立马就消失。忠君,是专制时代最高的"讲政治",没有人敢在太岁头上动土。

但历史上,敢骂皇帝,敢对这个最大的老板说"不"的人,还是大有人在的,这些人,以铮铮铁骨,不弯曲的脊背,为民请命,他们不怕死的精神,青史留名,为后人津津乐道。

在唐代,最不怕骂,最敢让人骂的当推唐太宗阁下。李世民先生差不多是在魏徵的唾沫星子里当"老板"的。魏徵先生不愧是那个时代头最难剃的"公仆",他每每见到李世民阁下,从政策问题一直骂到作风问题,如果李世民先生胆敢奢侈腐化,做一些劳民伤财的事,对不起,老魏立马给你上奏"顷年以来,意在纵奢""纵欲以劳人"等作风有不正的苗头的话。李世民老板常常被骂得火冒三丈,最后还是不得不打掉牙齿往肚里吞。就是因为老板不怕下属的骂,才最终成就了贞观盛世。

还有明代,可以说,是历史上骂皇帝的高峰。一大批铮铮铁骨、直言敢谏的狷介之士，可以"风闻奏事"，不必负任何责任。而皇帝对此，却是"可用则用之，不可用则置之"，耐心听取，虚心接纳。

譬如人人皆知的海瑞先生，还是个相当于处级干部的户部主事时，就敢于向老板嘉靖阁下叫板。当时，嘉靖迷恋道教，整天装神弄鬼，炼丹制药，以求长生不老，还热衷于填写青词。

海瑞看在眼里，气在心上，以"愤青的姿态"，给嘉靖上了一本万言书，意思是说，老板，您如果再热衷封建迷信，不务正业，您就会成为夏桀、商纣一样的亡国之君。最后还不忘狠骂一句"嘉靖嘉靖，就是家尽家尽"。这些极尽骂人的话，只把嘉靖气得气血上涌，暴跳如雷。他拍着桌子大喊："快去把海瑞这个混蛋东西抓起来，别让这家伙跑掉了！"见此情景，就有官员在一旁悄悄地对嘉靖老板说："万岁啊，这个'二杆子'上书前就买好了棺木，现正在朝房里等待治罪呢。"嘉靖一听，叹口气接着往下看，最后自言自语地说："这家伙想当比干，我可不是纣王（比干是纣王的叔父，因多次劝谏纣王被剖心而死）！"只好将海瑞做降职处理。由于海瑞敢骂最高首长，其英雄事迹，很快传遍了朝廷内外，天下都知道有个不怕死的"海主事"，百姓都称为"海青天"。

由于明代有一批敢于英勇献身的言官，在大明王朝近300年的历史中，从永乐朱棣之后，虽然皇帝大多平庸无能，甚至长期不管国事，但一大批言官督导政府各个部门正常上班，履行职责，起了重大作用。所以，嘉靖可以躲在后宫炼丹，万历可以几十年不上朝在后宫里行云布雨，制造龙子龙孙，天启皇帝朱由校也可以放心地去干他最热衷的木匠活。太阳照样东升西落，国家机器照样运转不误。如果换了别的朝代，恐怕难以想象。

除了官员外，一些文化人也敢于向最高首长皇帝叫板。李商隐写过"打油诗"，叫《郦山有感》："郦岫飞泉泛暖香，九龙呵护玉莲房。平明每幸长生殿，不从金舆惟寿王。"一个劲地骂唐玄宗与杨贵妃乱伦。白居易比李商隐还要狠，在任唐宪宗的谏官时，一边作诗，一边进言，诗名与谏名比翼。谏得多了，唐宪宗李纯阁下把他调离谏官岗位，改任他职。血性汉子白居易为了心中的"正义"，依然不停地对皇帝提意见，结果一次次被贬放到基层。

这些敢于骂皇帝的人，与那些处事圆滑、八面玲珑的官员相比，他们是镶嵌在夜空里的星星，闪闪发亮，光华夺目，我们要看他们，只能翘首仰望。他们为民请命，为国谋事，强项抗争，不畏邪恶的精神，被人们世代称颂，千古不灭。

第四辑　拍马与骑马

# 拍马是为了骑马

马屁是个好东西，这家伙闻起来臭，吃起来香。古往今来，但凡有人的地方，恐怕没人会拒绝。那种被人拍的滋味，就像夏天里吃的西瓜，甜滋滋，凉润润，其美妙的快乐，常让人嘴为之咧，牙为之龇，眉为之飞，色为之舞。普通人也就罢了，但权高位重者，一旦被拍马者钻了空子，点了"快活穴"，其糊涂、昏聩的程度，常常危害的不仅是一个家庭，有时更危及到一个国家和朝代的历史走向。

唐代的唐玄宗李隆基先生，在高坐龙椅的前半期，革新吏治，赋役宽平，天下富庶，可用"英明伟大"来赞誉，但后来，随着执政时间越来越长，变得见拍则喜，越来越喜欢听好话和恭维话。结果逐渐被李林甫、杨国忠、安禄山等一帮拍马"巨星"包围，一天到晚被拍的飘飘然，陶陶然，沉溺于享乐之中，以至于贪图享乐，不理朝政。李、杨二人先后把持朝政数年，结党营私，排斥异己，广受贿赂，弄得好端端的大唐王朝民怨沸腾。尤其安禄山那厮，本是一个偷盗的小人，靠揣摩"领导"心思，一路进步，后来，为进一步爬到高位，就当了杨贵妃的干儿子，每见到老李阁下，凭三寸不烂之舌，花言巧语，谎称自己的大肚皮"更无余物，只有赤心"，只拍得老李不分东西南北，把安禄山视为身边人，频频委以重任。就是这样一个看似忠心耿耿的家伙，在成为大权在握的三镇节度使后，居然起兵造反，让老李不得不离开京城老巢，一路逃命。在途中，他杀了自己的大舅子杨国忠，缢死了心肝宝贝杨贵妃。曾经"开元盛世"的大唐，从此走向衰落。唐玄宗一只手创造了辉煌，另一只手又毁掉了辉煌。

无独有偶。明代的嘉靖皇帝朱厚熜先生，本是一个聪明的人，在其任内，被另一马屁大师严嵩先生点中"快活穴"，不停提拔已经年老体迈的严嵩同志。老严拍马之道，除了具有前人拍马逢迎的一般特点之外，他还根据皇帝阁下的性格，具体情况具体分析，摸索出适合于嘉靖的一套逢迎方法。嘉靖同志本来是继承了堂哥武宗的皇位，因此，武宗之父孝宗就不是嘉靖的皇考(皇父)。但按照传统观念，皇考是不能变的，嘉靖只能以孝宗过继子的面目出现，继承皇位后当然要尊孝宗为皇考。但因嘉靖在即位前并未行过继礼，所以他不愿承认孝宗为自己的皇考，而要把自己的亲生父亲兴献王尊为皇考。这个决定引起了一班正统大臣的恐慌，大臣争相劝谏，阻止嘉靖，从而造成了一场中国历史上很有名的大风波。见反对者的势力很大，严嵩审时度势，也站在反对皇帝的行列里，因此嘉靖未能成功。一年之后，嘉靖前脚跟刚站稳，一些善于揣摩嘉靖心意的大臣又复提此议，嘉靖也专门写了一篇《明堂或问》给众臣看。严嵩一见风向不对，便立即转向，变为坚决支持嘉靖改尊皇考，并寻出根据，引经据典，极力证明嘉靖改尊皇考的正确性。他炮制了两篇马屁文字，一篇叫《庆云赋》，另一篇叫《大礼告成颂》，只拍的嘉靖先生龙颜大悦，一再提拔老严，直至内阁首辅。严嵩在获得皇帝阁下的超级信任后，又再接再厉，不停地忽悠。在其掌权的 20 多年里，他排异己，用朋党，只把大明江山弄得乌烟瘴气，向灭亡大大地迈了一步。

还有清代"中兴四大名臣"之一的曾国藩先生。此君德高望重，能力超强。就是这样一个德才兼备的君子，也被马屁者狠狠地忽悠了一把。某日，有一位客人来拜访，老曾一见此人，立马被其仙风道骨的气质折服，只听此人对老曾道：胡润芝（林翼）办事精明，人不能欺；左季高（左宗棠）执法如山，人不敢欺；公虚怀若谷，爱才如命，而又待人以诚，非胡、左二公可同日而语，令人不敢欺。这几句别人听起来有些肉麻的话，让头脑一向清醒的老曾，立马迷失了方向，得意地连连说"不敢当，不敢当"，当即下令留在军中，并被委以重用。就是此人，在一次军火采购中，携带着一大笔军款，跑得黄鹤一去不复返，再也见不到踪影。直气得老曾连连跺脚："唉，令人不忍欺，令人不忍欺！"

　　世上没有无缘无故的爱，也没有无缘无故的恨。被人拍马固然让人通体舒泰，但拍马是为了"骑马"。一旦拍马者是骗子或者小人，阁下在得到虚荣心满足的同时，是要付出代价的，有的甚至是极其惨重的代价。

# 朱元璋反腐不靠谱

读历史，读到明代这段，忽然对明代开国皇帝朱元璋阁下反腐败感起兴趣来。以我的阅读经历，老朱阁下可谓是历史上反腐败手腕最猛的一个皇帝。登上大宝的第二年，老朱龙椅还没有坐热，就对手下的大臣说了一番动感情的话，大致意思是，从前我当老百姓的时候，见到贪官污吏对民间疾苦丝毫不理会，心里恨透了他们，今后要立法严禁，遇到贪官污吏危害百姓的，绝不姑息。

老朱阁下，说到做到。他颁布了有史以来可谓最严厉的肃贪法令，规定但凡有官员贪污60两以上银子，立杀！这个政策一出台，他的老部下，一个叫朱亮成的便享受到了这一"待遇"。当时这个朱亮成是赫赫有名的开国大将，镇守广东，当地的一些"土豪劣绅"便拉拢朱亮成为他们谋取利益。这个朱亮成头脑一热，便收了土豪劣绅的一些好处，就充当起了他们的"保护伞"。这事被朱元璋阁下知道后，立马派人抓捕了朱亮成和他的儿子，见到昔日的老部下，朱元璋一点都不客气，亲自动手用鞭子抽打朱亮成，结果这个开国功臣被活活鞭死。

在生活中，我们经常听街坊邻居愤怒地说，如果贪污一块钱也抓起来枪毙，贪官就不敢再贪了。谁都知道这是激愤之语，连街道大妈们当政，也不会这样做。然而，朱元璋却这样做了，有的官员连多用一张信纸在他眼里都算贪污。翻开《大诰三编》，你会看见老朱阁下亲自惩办的贪污案里，有这样一些赃物："收受衣服一件、靴二双"，"圆领衣服一件"，"书四本，纲巾一个，袜一双"。官员犯了别的错误尚可饶恕，唯有贪污，绝不放过。

在反贪运动的开始，只要稍有贪污嫌疑的，就被剥皮揎草，摆在衙门前示众。数目稍大的一些官员，不是被凌迟、阉割，就是被剁手、挑筋。比如凌迟这种酷刑，就是把贪污者绑在柱子上，用刀慢慢割，如果行刑的人手艺好，那受刑者就要受苦了，据说最高纪录是割了三千多刀，把肉都割完了人还没有死。还有诸多汉代即遭废除的肉刑被再次起用，更有一些则是全新的发明——这一层是刑罚之"重"，而刑罚之"广"也相当骇人，凡有贿案发生，必定顺藤摸瓜、斩尽杀绝；不避皇亲国戚，若皇族贪赃，量刑尤重。

老朱先生还创造了以往统治者都不敢想象的政策，即规定普通百姓只要发现贪官污吏，就可以把他们绑起来，送京治罪，而且路上各种检查站必须放行，如果有人胆敢阻挡，不但要处死，还要株连九族！此种法制在中国历史上是绝无仅有的。

老朱"手黑心毒"，见贪就杀，可是杀完一批，又来一批。朱元璋阁下急眼了，他不明白，这些饱读诗书的官吏们，以所谓"朝闻道，夕死可矣"为人生信条，却在当官之后成了"朝获派，夕腐败"的反面典型。老朱就纳了闷："我想杀贪官污吏，没想到早上杀，晚上你们又犯，那就不要怪我了，今后贪污受贿的，不必以六十两为限，全部杀掉！"

老朱阁下这种令人生畏的杀人死亡艺术，却令官员们前赴后继，像敢死队员样，成群结队走到刑具下。自明朝开国以来，因贪污受贿被杀的官员有几万人，到洪武十九年，全国 13 个省从府到县的官员很少能做到满任，大部分被杀掉了。然而，在这些铁腕的背后，杀完了一批，又来一批，真可谓"野火烧不尽，春风吹又生"。

　　尽管老朱阁下下猛药，出重拳，但反腐效果并不好！仔细分析，是某些政策的制定和执行出现了问题。很多时候，是上有政策，下有对策，玩老鼠逮猫的游戏。还有老朱阁下过分看重了刑法的力量，而没有从各方面加强制度上的完善，一味猛冲猛打，虽然他统治时期，贪污腐败现象很少，但他死后，明朝的贪污却十分严重。整个明朝可谓是历史上最腐败的王朝。

## "依附"有时不是"好东西"

依附一词，常比喻某某生物或者某某人，靠攀附某种关系，寄居生存，乃至发展壮大。当今社会，尤其物质化和利益泛滥的时代，"依附"常常成为某些人钻营和获取利益的巨大通道。他们一损俱损，一荣俱荣，拉帮结派，搞小圈子，严重影响一个地方和一个部门的风气。但历史上，也有诸多明白人，不管寄人篱下，还是权高位重，不攀附，不搞同盟，活得明明白白，让人尊敬。

唐天宝年间，因杨玉环得宠于唐玄宗之后，其堂哥杨国忠鸡犬升天，遂升任宰相。其权大势大，四方的人争相拜访他，攀附他。有个叫张彖的进士，学富五车，才高八斗，治学有大名气，志向高大，但他为人耿直，从不屈服他人。有人就劝说张彖，说先生，凭您的才学和见识，如果到杨国忠那里走动走动，去依附他，就可以获得显贵。谁知，张彖却很淡定地说："你们说依附杨公的权势就像依靠泰山，在我看来，却如同冰山。或许在政治开明的时代，依附这座'山'就会误人了。"

后来果然如同他说的，杨国忠倒台时，他丝毫没有受到牵连。众人都以张象为美。再后来张象及第，皇帝授予他华阳县尉之职，县令、太守都不是他管制的人，因此这些家伙都做了很多不法的事。张象有做官之道，勤理事务，每建议一件事，太守、令尹多不同意。张象说："大丈夫有凌云壮志，却身处下位，若在矮屋里站立，更使我不能抬头。"于是拂袖离开，在嵩山上隐居起来。

清代出身宗室的肃顺，道光三十年七月授内阁学士兼礼部侍郎衔。后经端华和怡亲王载垣推荐，肃顺遂得咸丰帝赏识，于咸丰七年正月十五日迁都察院左都副御史，不久又迁理藩院尚书，擢升日快，权势日隆。

面对大清王朝的颓势，肃顺看清了只有汉人才能挽救这一败局，显露出"万人皆睡他独醒"的政治敏感。肃顺认为必须重用有能力的汉族官僚，才有可能渡过重重难关。于是，他竭力在咸丰面前推荐曾国藩。正是由于肃顺"爱才如渴，一时名士，咸从之游"，才使得咸丰帝任用曾国藩、左宗棠、胡林翼等汉族官僚"领兵握符"，最终使闹腾多年的太平天国运动得以被剿灭。

尽管恩重如山，但曾国藩对肃顺始终公是公，私是私，不攀结，不营私。咸丰十一年十月初六日，肃顺、载垣等因与慈禧太后、奕诉在宫廷政治斗争中失败，被下令处死，史称"祺祥政变"。由于曾国藩这种堂堂正正的品行，才使得这次政变，对他没有丝毫影响。后来，慈禧太后等承继"以汉制汉"之策，才使曾国藩释然。

春秋时，大夫崔杼将齐庄公扶为太子，并继立为齐君。对此，齐庄公是十分感激崔杼的，认为此人靠谱，就让他做了国相。可是，齐庄公对崔杼的感激敌不过美色的诱惑。有一天，齐庄公到崔杼家中饮酒，见其妻美色，就与她通奸。一来二往，渐被崔杼发觉，便设计，埋伏下杀手，在家中杀死了齐庄公。

知道了大王被崔杼杀死的事情后，晏子闻讯赶来，有人就跟他说，大王对你恩重如山，你应该以死相报，晏子却说："君为社稷死则死之，为社稷亡则亡之。若为己死，而为己亡，非其私昵，谁敢任之！"假若国君之死是为公义、社稷，为其臣者应当与其同命，若只为满足一己私欲自取其祸，应该由那些导君纵欲的私近之臣为其陪葬。晏子的回答掷地有声。而今，一些热衷依附的官员，如果有晏子这样的境界，又怎会在其靠山倒下后，自己也跟着锒铛入狱？

# 巨奸是如何"长成的"

明代巨奸魏忠贤，出身，草根；学历，文盲。二十二岁，娶妻生女的盛年，因赌场惨败，毅然自阉。靠这股狠劲，他走进大明帝国的皇宫深院。

在以狠毒阴险著称的皇宫太监群里，他以"傻"示人。别人叫他魏傻子，他一点也不恼。身躯高大的他，待人热情，与人交往，有点没心没肺，十分讨人喜欢。靠这股傻劲，他很快在宫中立足了脚。

靠不错的情商，52岁那年，本来准备退休的魏傻子，没想到命运之神把一个更大的幸运不由分说地砸到他的头上。靠着与皇帝奶娘结成的"对儿"，他成了木匠皇帝朱由校最信任的人。这个大字不识一个的绝对文盲，某一天，突然被任命为司礼监秉笔。诸位看官也许不知，这个职务，可是一人之下，万人之上啊，他的工作就是代替皇帝批答奏折。

傻子其实不傻啊！在机会和权力面前，他表现出像蛇一样的本性。虽然他一字不识，但他有他的办法：他让别人替他讲解奏折，把最艰难的古文，翻译成白话文，用朱笔写在奏折上。通过这样一个繁杂的过程，他把自己的个性毫不犹豫地写进了明朝帝国的政治史。

不懂装懂,用错误来掩盖错误,是他掌权后,最大的变化。一次,一个礼部官员在一份奏折中,用错了一句话,被魏忠贤抓住了把柄。魏忠贤本来只是想借机证明一下自己的高明和水平,如果那个礼部官员认错了,肯定相安无事,但他偏要上书辩解,这个不识趣的家伙让老魏恼羞成怒,以"不恭"的罪名削去了其官籍。原本好好的前程,就因为一次莫名其妙的误会毁了。权力的滋味胜过了所有的琼浆。他就像一夜间突然暴富的大款烧钱以显示自己的富有一样,特别爱显摆。每次出行,他都不放过任何一次炫富的机会,"坐文轩,羽幢青盖,四马若飞",随从多达万人。平时他穿龙袍,龙的纹样仅比藩王差一爪,与皇帝冠服只是颜色略有不同。这时,他的一句话,可以使一个高官的一生化为乌有,也可以使一个人瞬间飞黄腾达。全帝国所有的最聪明、最能干、最富有的人,都要跪倒在自己的脚下,自己一跺脚,四夷八荒都要颤抖。

每当有人弹劾反对他,他都再次装傻,显出懦弱的一面。跪在皇帝面前"日夜哭诉",述说着自己的对帝国的忠诚。每每,皇帝这棵大树的庇护,就像金钟罩、铁布衫,让他一次又一次刀剑不伤。

对于政敌,老魏显示出其心狠手辣的本性。每有意见不同者,他都举起屠刀,全力镇压,其报复、镇压的手段残酷无比。一大帮反对者,不是被无端下狱,就是被活活折磨死。好汉杨涟死前,经受了多次惨绝人寰的毒刑,死时被铁钉贯脑,身无完肉。为了更好地享受权利的琼浆美味,他在朝中开始培养自己的政治势力。很短的时间内,一批大臣就聚拢在他身边,而且形成了滚雪球的效应,越聚越多。他身边迅速形成了所谓的"十孩儿","四十孙",这些儿孙,可不是凡夫俗子,大多是饱读诗书的高级知识分子两榜进士啊。更可笑的是,时任内阁大学士兼首辅竟然在一次家宴中对魏忠贤叩拜道:"本欲拜依膝下,恐不喜此白须儿,故令稚子认孙"。拐弯抹角地硬要给魏忠贤当儿子。魏忠贤也异常豪爽。

但凡认他当爹做爷的"儿孙们",尽心尽力的照顾,许多人获得了火箭式的提拔。

在全社会战战兢兢,白色恐怖,谁也不敢乱说的同时,一个声音越来越响,那就是对魏忠贤的赞扬。大学士冯铨在为魏氏祝寿的诗中,竟然把他说成是"伟略高伊吕,雄才压管商",简直是古往今来第一伟人。到后来,国子监监生集体上书,要求以魏忠贤与孔子并祀,并说他"重复光子圣学,其功不在孟子下"。这个文盲做梦也没有想到,自己居然取得了与孔子并驾的地位。对这类乖张的溢美之词,魏忠贤全盘接受,而且对谀颂者大加奖赏。

上有所好,下必甚焉。凡是他所做的事,不管大小,一律被称为英明睿智,无人能比。他先是被称为千岁,后被称为九千岁,再后来居然被称为九千九百岁,离万岁只差一步之遥了。后来,这场崇拜运动发展到了帝国各地纷纷为魏忠贤造起了生祠,生祠壮观远过岳庙、关庙。建成之后,各地总督巡抚还要到祠中三拜九叩,口呼九千岁,没有哪一个活着的皇帝受到过这样的尊宠。

正当魏氏尽情享受权力的春药时,他的靠山木匠皇帝朱由校突然暴毙,新皇帝朱有俭即位。一朝天子一朝臣啊!不久,风向有变,这个看似庞大的巨奸,先是被铺天盖地的弹劾奏折掩埋,继而被新皇帝责令卷起铺盖到凤阳祖灵守灵。在通往皇陵的路上,他自知罪孽深重,上吊而亡。

这个历史怪物,从成长到发育,到灭亡,其每一过程,无不给满腹经纶的文人雅士以及所谓的政治家们开了一个天大的玩笑。

## "庸官"是怎样炼成"不倒翁的"

历史上，无能、平庸、不作为的官员比比皆是。然后，他们却凭借自身独特的"官场运作能力"，扶摇直上，任凭风吹雨打，自岿然不动，成为政坛常青树和不倒翁。

唐玄宗开元元年为宰相的卢怀慎，清正廉洁，不搜刮钱财，他的住宅和家里的陈设用具都非常简陋。他当官以后，尽管身份高贵，但妻子和儿女仍经常挨饿受冻，他对待亲戚朋友也非常大方，每逢有救济，必积极出手相助，是个公认的清官、好官。但此人虽品行端正，廉洁无私，但政务上却毫无作为，是个典型的"不问事"官员。任职内，他自知与其同殿臣的名相姚崇相比，能力不在一个档次，因此，事务都推让给姚崇，自己则概不问事，姚崇说什么就做什么，当时人讥笑为"陪伴吃饭的宰相"。就是这个无作为的伴食宰相，竟然在宰相位上混了三年。

还有一个叫苏味道的宰相。这是一个特会打太极、踢皮球的圆滑宰相。据史料记载，苏味道在武则天当政时期，三度拜相，居相位九年。在中国的成语典故中，有两则成语与苏味道有关，一则是"火树银花"，二则是"模棱两可"。苏味道在处理政务时，善于向皇上陈奏，由于熟悉典章制度，他上朝言事可以不带奏章，只凭口头禀报，侃侃而谈。此人虽然才华横溢，能力也很了得，但出任宰相数年，却不能在朝廷政务上有所建树，只是一味阿谀圆滑于君臣之间，屈从附和，取容于世而已。他常对人说："做官处理事情，不要那么一清二楚，明明白白地表示自己的意见。否则，一旦出现差错，必然后悔，而且还会留下遭受处分和被谴责的后患。因此。凡事只要模棱两可就行了。"故此，人送美称"模棱宰相"。

北宋的王珪。北宋神宗时，王珪居相位16年，这十几年间，政务得过且过，无所建树，每每遇到朝廷大事，也不动脑筋，不献策略，只起个上请下达的作用。每次上朝呈送奏章时，跪拜皇帝高呼"取圣旨"；帝批阅后跪接曰："领圣旨"；出殿见人曰："得圣旨"。总之，事事依圣旨而行，唯上而行，成了只会唯命是从的高官，世人称为"三旨宰相"。

北宋还有一位李邦彦，官至宰辅，是个富二代，人称"浪子宰相"。此人行为放荡，不理政事，只会享乐，一是喜欢踢球。其踢起球来，脚法细腻花样繁多，堪称大宋的梅西。二是写荤段子。但凡他写了新段子，就有老鸨来买版权，唱给客人听了他写的荤段子，有时门槛挤爆。三是喜欢交际。此人喜欢呼朋引类到家里吃喝，同时，又乐善好施，每遇到有进京赶考的举子要接济，必出手大方，由于会搞人际关系，此人官运亨通，进步飞快。成为朝廷重臣后，不干正事，专门研究关系学，在北宋末年"靖康之难"时，他成了投降派奸臣之首，直接造成北宋灭亡。

还有明朝的刘吉，此君官至大学士、内阁首辅（宰相），当时的明宪宗皇帝不问政事，内阁和六部都是在混日子，一度有"纸糊三阁老"（即刘吉、万安、陈文）和"泥塑六尚书"之称。他在位上，尸位素餐，奉迎皇帝，勾结宦官粉饰自己。他的拿手好戏是颠倒是非，精于营私，但凡有意见与他相左者，必一棍子打死。由于他不理国事，无所建树，屡屡遭到言官的弹劾，但这位大员心理承受力超强，无论言官说什么他都充耳不闻。凭着超级耐弹力，竟得以占据内阁 18 年，其中任内阁首辅 15 年，最后博得个"棉花宰相"之名。同一时期的另一个宰相万安比刘吉更无耻，他顺应宪宗皇帝好色纵欲的本性，常以春药进献宪宗，成为宪宗眼中的近臣，后来竟然爬上了内阁首辅的高位。同僚们对万安的言行深恶痛绝，称他为"洗屌相公"

## 奸佞们的欺骗术

古往今来，大小奸佞如过江之鲫，多如牛毛。但遍观其发迹史，却有章可循，那就是走"上级"路线，得以飞黄腾达。但凡奸佞者，都会奴颜婢膝，阿谀谄媚。他们或欺上瞒下，或排除异己，或无中生有，总之，将此地此部门的最高首长玩弄于股掌之间。

对于奸佞之术，曾侍奉过六个皇帝，先后杀二王一妃四宰相的唐代后期大宦官仇士良先生，在离开宫廷，光荣退休时，宦官们为其举行的告别宴会上，作了一次十分精彩的讲演。仇"大师"这样诠释道："天子不可令闲，常宜以奢靡娱其耳目，使其日新月盛，无暇更及他事，然后吾辈可以得志。慎勿使之读书，亲近儒生，彼见前代兴亡，必知忧惧，则吾辈疏斥矣。"仇"大师"此番高论译成现代汉语的意思是，对于皇帝那小子，我们不能让他闲着，要经常以奢侈荒淫的玩乐让他快乐，今日教他玩乐跳舞唱歌，明日诱惑他喝酒搓麻，后日引他游山玩水出国观光……总之要花样不断翻新，规模不断升级，使他小子没有时间顾及正事，这时我们想干啥就干啥了。你们要小心，不能让皇帝读书，更不能让他接近知识分子，他小子要是靠读书或从臭老九那里知道朝代兴亡的原因，一定会忧患恐惧。到那时，"恩泽"和权力，自然就归我们这些太监了。

仇士良先生这段关于"奸佞"之言，是对历代大小奸佞者成功经验的总结。你可以说仇士良这老家伙太阴损，太缺德，但你又不得不承认，这位大权奸的这一招的确灵验得很。综观历史，在他老滑头之前，不知有多少老前辈靠这些伎俩干出了"轰轰烈烈"的大事。在他之前的安禄山那厮，可谓是奸佞中的"佼佼者"，这厮为了骗取李隆基陛下，信誓旦旦地说自己的大肚皮中"更无余物，止有赤心"而已。这种内容千古同义的表衷心之辞，虽然令他人听了肉麻兮兮，心生厌恶，但却令接受那颗闹不清是真是假、赤胆忠心的权贵心中大喜——喜自己麾下又添忠贞诚实之徒也。权贵们大喜之后，一顶乌纱帽也就顺手掷下，一个靠表忠心往上爬的家伙也随之得意于官场。

还有宋朝的蔡京先生，此君发现宋徽宗赵佶阁下有爱好花草奇石的爱好，便广搜奇花异石以献，最终凭借谄媚钻营坐上了宰相的宝座。而另一位踢得一脚好球的市井混混高俅先生，因此伎俩被宋徽宗阁下宠信，此人某日在徽宗阁下高兴之余，也说出了一段与仇士良先生十分相似的话，他说："人生如白驹过隙，倘不及时行乐，则老大徒伤悲也！且如幽王宠褒姒之色，楚王建章台之宫，明皇宠奉杨妃，汉帝嬖宠飞燕……陛下何不开怀行乐，今朝有酒今朝醉，明日愁来明日当。倘有忧危，臣等誓肝脑涂地，以报陛下之恩德。"徽宗阁下在这些奸佞者的蒙蔽下，整日信奉道教，沉溺声色，不事国政，而蔡京在爬上宰相的高位后，广结朋党，残害忠良，至于高俅那混混，也被任命为殿前都指挥使，并被授予最高武官——太尉之职，权势煊赫，为所欲为。

此外，像元朝推荐西蕃僧人给元顺帝，密授其房中术，诲其淫乱的权奸哈麻；明朝陪明武宗击球走马、放鹰逐兔，并修建"豹房"，集美女以供其淫乐的刘瑾；诱惑熹宗迷恋优伶声伎与养狗、走马、打猎的魏忠贤，等等。这些将奸佞之术演绎的炉火纯青的"奸界巨星"们，他们成功的秘密都是将最高首长玩弄于股掌之间，一手遮天，一手玩权，作威作福之中，祸害国家，祸害人民，使得国事衰败，民怨沸腾。

而今，皇权时代早已过期作废，但奸佞之人玩弄的奸佞之术却丝毫不在古代"奸雄"们之下。他们手段更高明，遮眼功夫更高深。他们将继续施展诲淫诱奢的套路，抓住各种有利于自己的机会，将赞美和诋毁、阳光和阴暗有机地结合起来，以达到个人卑劣的目的。此类小人仍将在一个地区、一个部门、一个单位继续并将长期唱下去，至于表演形式，表演内容，危害大小，读者阁下的一双慧眼自然会明白。

# 某君的"变脸术"

　　某君身居官场，人称"不倒翁"。其位不大，权不重。然其变脸术，颇似"川剧"中的"变脸"演出，转瞬之间，其脸部表情，能完成多种动作。一会"灵官脸"变成"钟馗脸"，随即又变成"鸳鸯脸"，各种不同图案的脸形，让接触他的人眼花缭乱，留下诸多"美感和艺术享受"。

　　见到上级的脸——奴才脸。这是该君得以在官场游刃有余的关键。每当这个时候，他的面部表情，除了微笑，微笑，还是微笑。其谦和的脸，写满了尊重，写满了惶恐，写满了卑微。他弯腰如柳，有些摇尾乞怜的样子，在领导面前，恨不得生出一根会摇动的尾巴。不管领导是如何批评他，他绝对像小猫一样温驯。说话之前要看领导，说完话还要看领导，从头到尾满脸堆笑。奴颜婢膝的满面笑容下，"忠诚之心"日月可鉴。

　　见到同级的脸。是哈哈脸。每当这个时候，他会拉拉扯扯，吹吹拍拍。时不时来段插科打诨的话，显得该阁下很幽默，很有水平。见面笑哈哈，说话留下半句，开口叫"哥儿们"，闭口称"兄弟"；只栽花，不栽刺，一团和气，看似好好先生，一个同级也不得罪。

见到下级的脸。是包公脸。面部僵硬，眼睛向上，嘴角歪曲。他挺胸叠肚，双手交握叉在背后，两只眼微眯着，嘴角下拉，满脸傲气，仿佛不可一世。脸一变，嘴就变，嘴一变，吐出的文字自然生硬，冰冷。你哪儿痛，它就拣哪儿挑。你没问题，他也要鸡蛋挑骨头。如果你在某个场合向他打招呼，他听而不闻；你走到他跟前，他视而不见；你上前与他握手，他傲然屹立与原地，很不情愿地伸出两根手指与你草草一拉；你点头鞠躬致意，他昂然挺胸还礼。

某君的变脸术，还表现在声音上，比如接听电话这种事情上，声音越大，对方肯定是下属；声音越来越小，对方肯定是领导。面对面谈话，两眼望地的是部下，两眼朝天的是领导。群众来访，他们推三阻四的、狐假虎威；领导莅临，他们战战兢兢、如履薄冰。

此君的三张脸，每张都要具有优秀的表演才能。表演时，不需要演员那样需要一定的时间酝酿感情，只要在瞬间就能完成。寻踪影、看蛛丝、找马迹、剥伪装，就会让他们"麒麟皮下露出马脚"，让其"真面目"暴露于"光天化日之下"。

有道是，脸装饰人，眼睛装饰脸，舌头点缀嘴巴，语言点缀思想。此君的三张"变脸术"，望阅读此文的先生女士们，在周围搜寻一番，如有相似者，勿言，勿言！

## 闲话"告密"

告密，又称"告发""告讦""告奸"。自古以来为仁人君子所不齿。这种龌龊行为，是社会进步的毒瘤，恶变物。它大多发生在朋友、同事、血亲、同乡、邻里之间。告密者靠出卖友情、亲情、乡情获取利益，这也是平时所说的背后捅刀子。其所带来的后果，必然是人与人之间互不信任，相互猜忌，人人自危，小人坦荡，君子凄凄。

武则天当政时，有阵子禁止屠宰牲口。有个叫张德的官员，因为喜得贵子，一高兴，便违禁宰了只羊，宴请朋友同事到家里小聚一下。谁知，同事中有个叫杜肃的，这家伙吃饱喝足后，就跑到武则天女皇那儿告密，说，张德这家伙胆子忒大，敢违抗您的命令，私自宰杀牛羊，是明知故犯啊！结果第二天朝会，女皇将杜肃的告密信交给张德，然后语重心长地告诉他：卿今后请客，还是小心一点，那种前头吃了好酒好菜一转身就去告密的小人，就不要请了。

明朝天启年间，魏忠贤一手把持朝政，禁止一切言论自由。某天夜里，有四个哥们在一间密室里小饮几杯，酒过三巡，菜过五味，一哥们

126

儿喝的兴起，就乘着酒性，开始骂魏忠贤，说魏老阉人欺上瞒下，祸害国家，等等。他一人在那口出狂言，谩骂不止，其他三人吓得不敢出声。此人骂声还没有停止，魏忠贤的心腹们就冲进密室，立马将4个喝酒的哥们儿逮到老魏府上，二话不说，将谩骂者碎尸，并奖励其他三人奖金。而其他三个哥们儿早已吓得魂不附体，哪还敢要奖励的大洋了。

还有一则国外的故事。说前东德恐怖统治时期，前东德国家安全局餐厅，一个年轻的工作人员在绘声绘色地讲东德总书记昂纳克的政治笑话，讲到一半发现大家都沉默不语，年轻人这才注意到身后不知什么时候来了一位安全局的上校军官。上校严肃地问他"你叫什么名字，哪个部门的"？现场气氛瞬间凝固。此人的结局自然不得而知。当时东德全国上下弥漫着一种肃杀气氛，在这种场合调侃领袖，说对领导不忠的话，自然没有好果子吃。

时至今日，告密者仍然阴魂不散，前不久，看到一则消息，说某大学老师因为在课堂上批评中国传统文化，而被学生告密。此学生告密的理由是，这个老师敢批评中国传统文化，就是反革命！看了这个消息，我不是好笑，而是苦笑。

一个法治社会，如果人们丧失了基本的做人原则，热衷告密，都是使人感到恐惧的事情。人与人交往，倘若说者无心、听者有意，告密揭发之风四处蔓延、肆虐，则一个社会就人人自危、步步惊心。到那时，儿子揭发老子、学生检举老师、夫妻反目、朋友成仇，整个社会中的人即便是在私下场合也如履薄冰、噤若寒蝉，人的自由、平等就越来越远了。

公民免于恐惧，无心理负担，敢于公开表露个人看法，且不必设防，无须战栗，不担心打击报复，如此，才是一个社会从管制走向开放，从畸形走向正常的一个过程，民族才有希望，大众才有安全感。

社会在发展。告密者最终都会沦落为大众不齿的人。但，天下熙熙，皆为利来，天下攘攘，皆为利往。在一个物质化和墙头草盛行的社会，告密者永远不会是第一个，也不会是最后一个。

## 一把扇子的"魔力"

在历史上，黄兰阶其人，官不大，权不重，甚至一粒灰都算不上。但如果说到左宗棠同志，恐怕稍有一点历史常识的人，没有人不知道。正是这个黄兰阶，围绕清代中兴名臣、权高位重的左宗棠先生猛打"关系牌"，几圈忽悠下来，仕途上一路攀升，短短几年时间，就荣升为"副部级"高干。

这个黄兰阶原本是个进士，按照清代官场用人规则，仅是一个候补知县。作为大清王朝的"后备干部"，黄兰阶是非常渴望自己早点出人头地，为人民服务。大约在1881年，黄兰阶从父亲口中得知，时任清政府军机大臣的左宗棠先生，与他父亲是发小。窃喜之下，黄兰阶打起包袱，一路风尘仆仆地跑到北京。见到左宗棠，黄兰阶亲切地，左一声左叔叔叫右一声左叔叔喊。报完家门完毕，黄兰阶说：我多少也是个进士，这么多年组织上一直不给我安排适当的职务，我报国无门啊！左叔叔，看在我家父的份上，您给我写封推荐信，跟有关方面打声招呼，给我一个平台，让我展示平生的才华啊！

哪知道，黄兰阶还没有说完，左宗棠竟然拉下脸来，正色道：你要是真有本事，就相信组织，是金子总会发光的！黄兰阶碰了一鼻子灰，仍不罢休，继续说：我多少也是一个读书人，该有个职务，好多大字不识几个，没有能力的人，都靠关系谋得了一个好职务！我心里不平衡！左宗棠就站起来说，我看你适合回家种水稻，看在你爹的份上，我送你几十亩水稻回家种吧！言毕，就把黄兰阶打发走了。

没有达到目的的黄兰阶，离开左宗棠的府上，心情糟糕透了。在大街上漫无边际的转悠，在转到琉璃厂门口时，他发现有家店铺有一把模仿左宗棠字的扇子，犹豫片刻，一咬牙，买到手上。不久的一天，闽浙总督何璟召见后备干部开会，黄兰阶手摇纸张扇，径直走到总督堂上。看着黄兰阶吊儿郎当的样子，何大人很奇怪，问他：外面很热吗？都立秋了，你还拿扇子摇个不停。黄兰阶把扇子一晃：不瞒领导您说，外边天气并不太热，只是我这柄扇是我此次进京，左宗棠大人亲送的，所以舍不得放手。

这个何总督听罢，一惊，问：你认识左大人？黄兰阶得意地说：那当然，左叔叔与我爸是发小！

总督要过黄兰阶扇子仔细察看，确系左宗棠笔迹，一点不差。他将扇子还与黄兰阶，闷闷不乐地回到后堂，找到师爷商议此事，师爷说：大人，这事您得特事特办！果然，第二天就给黄兰阶下文担任了知县。

不久后的一天，这个何大人来到北京，一见到左宗棠，就讨好地说：中堂大人，我们的工作没有做好，像黄兰阶这样德才兼备的干部，我们没有及时发现啊！

左宗棠听罢，哈哈大笑起来，说：小黄去年找我写推荐信，被我骂回去了。我说嘛，是金子总会发光的！何大人连忙对左宗棠说，左大人，黄兰阶这个小伙子确实不错，是个可塑之才啊！

此后，黄兰阶便被当成优秀干部重点培养。短短三年时间，从知县升为道员，一路发发发，直至官至四品，成为副部级干部。

黄兰阶一路官运亨通，左宗棠是不是直接帮了黄兰阶，我们无从而知，但黄兰阶整个跑官、要官、骗官的过程，值得当今诸君深思，假如他跟左宗棠八竿子打不着，没有那把"魔扇"，也许就是另外一种结局了。

往事如烟。如今，类似黄兰阶这样善于狐假虎威者大有人在。他们或借权贵，或借助名流等各种外力，通过打招呼，写条子等诸多手段，来提高自己的知名度和办事效果，为自己谋取政治资源和经济利益。这类黄兰阶们手法更多样，骗术更高超，需要我们火眼金睛，认清其真实面目，识破其鬼伎俩，不要被其障眼术所蒙蔽。

# 好人为什么变成了坏人

对于人性的研究，我不是所谓的专家，也不是学者，但我常常想的一个问题是，同样我们是赤裸裸来到这个世界上，为什么有的人变成了十恶不赦的坏人，走上了不归路。

譬如宋代的蔡京。一提起此人，世人的第一反应都是：臭名昭著的著名奸相。一个"奸"字就概括了他的人生。但是，当我们翻开历史时，透过这个"奸"字，蔡京身上一些其他因素却格外醒目——他不仅是个奸臣，还是个能臣。他的行政才能早在当时就为世人所公认。蔡京在北宋徽宗朝任宰相后，主持了大规模的经济改革，通过强化禁榷制、改革币制、完善市舶制等措施，使得政府的财政收入大大增加。同时支撑了徽宗朝在西面对西夏政权的大规模军事行动；满足了徽宗"丰亨豫大"的挥霍。蔡京的经济改革暂时缓解了北宋政府的财政危机，满足了最高统治者的奢侈之求。且其制度设计的精巧与合理之处，在保证政府获得最大的收益同时，也顺应了商品经济的发展需求。为后世所仿效沿用，不能不说是其才能的体现。

蔡京虽然能力大，水平高，其德行和品质却为人不齿的。他为了邀宠固位，投上所好，在宋徽宗无穷的欲望和挥霍之下，其才能一再成为满足皇权欲壑难填的得力工具。最终，过人的能力，精巧的构思，缜密的制度，都成为无度敛财的苛政。我们可以仔细看清蔡京的卓越能力，是如何在不断献媚皇权的过程中明珠投暗，终至为虎作伥的千年奸相骂名的背后，是走上歧途的治国奇才

还有明代中国四大权奸之一的严嵩，其名声之臭，大可与秦桧、李林甫类比，但严嵩在45岁前，却还是个名声很不错的官员。其青年时，父死在家守制3年；因母去世，又辞官回乡隐居。朝廷几次让他出来做官，严嵩都拒绝了。就是这个正直、血气方刚的青年严嵩，对朝廷弊政多持批评之论，对明武宗的荒淫专横也敢于直谏。

但他到了58岁那年，在利禄引诱下，彻底改变主意，他觉得自己前半生经受了太多的折腾与挫折，为了前程，他决心做个"勤勉"加"温顺"的臣子，他挥笔写了歌颂嘉靖皇帝英明的《庆云颂》和《大礼告成颂》。此后的严嵩完全变了个人。他为了取悦和讨好性情乖僻多变的嘉靖，一意媚上。当时首辅夏言很敢说话，严嵩有次请客，邀请夏言而夏言不去，严嵩居然跪在夏言府前恳求。

嘉靖虔诚道教，上朝不戴金冠，而戴道士香叶冠，他赐夏言、严嵩各一顶，夏言坚决不戴，严嵩不仅戴香叶冠上朝，还特意加了青纱。严嵩为了夺取首辅之位，他的做功在中国奸臣中堪称一流。他知道嘉靖不是好服侍的主子，为了揣摩皇帝的心思，他常常泡在大臣值班室内一周不回家、不洗澡，终于获得"忠勤敏达"的评价。

严嵩除了会察言观色、随机应变，阿谀奉承，言听计从皇帝大人一人外，还干了许多贪赃卖官、诬陷忠良的事，制造了杨继盛、曾铣等冤案。严嵩的变脸，正是独裁专制制度下，滋生出的一个怪胎。

蔡京、严嵩只是千千万万"好人变坏人"的一个例子。

呱呱坠地，啼哭响亮的来到世上，我们都是单纯圣洁，纤尘不染的。当我们刚刚步入社会，也都曾经品行端正，满怀理想，立志以身许国，匡扶天下，公正地对待每一个人，并渴望自己最终成为一个青史留名的人。但无数质清洁本的人，在岁月的流逝、仕途的磨砺、利益的得失中，失去了最后的勇气和尊严，并最终屈服于触手可及的钱财、权位和利益，悲哀地倒下了。

白云苍狗，浮世云烟。每个人的一生，都是一本书。浮云背后，有人变好了，有人变坏了。什么人是真正的好人？可谓"仁者见仁，智者见智"。记得《论语》中有一段孔子和子贡的对话，可谓经典。子贡问老师孔子曰："乡人皆好之，何如？"子曰："未可也。""乡人皆恶之，何如？"子曰："未可也。不如乡人之善者好之，其不善者恶之。"翻译成现代话的意思就是：子贡问："全乡的人都喜欢他，这个人怎么样？"孔子说："还不行。"子贡又问："全乡的人都讨厌他，这人怎么样？"孔子说："还不行。不如全乡的好人都喜欢他，全乡的坏人都讨厌他。"

第五辑　联想

# 我们的联想

如今的中国人是喜欢联想的。某某人提拔重用了，我们首先的联想是：他是不是上面有人？他会不会搞关系？某某人干上了一个权高位重的位置，我们又想到，他肯定贪了，而且数字不会小。某人出事了，我们又想到，他后台硬不硬，关系网牢不牢。某女士升职有出息了，有人就说，她是不是二奶，是不是靠某男人上位的啊？

尤其公务员队伍，一提起，总是给有权力，有灰色收入，"奸官""赃官"的形象。生意场也如此。一说起商人，就联想到"奸商"。总认为他的财富"来路不明"，以不正当手段牟取暴利。对此，我们充满了轻视、嫉妒乃至愤怒。

不仅如此，生活的方方面面，我们都喜爱"联想"：某地发生了一起交通事故，肇事双方如果"势均力敌"还好，如果一方是一位公务或者商业人士，另一方是普通百姓，我们又会联想，这个案子，"肯定"有盘根错节的关系，吃亏的必然是老百姓。

联想有时不是一个人的联想，而是一群人的联想。比如市场买菜缺斤短两、超市购物无法退货、日常热心助人却被人利用，等等。每每这个时候，我们大多数人的"联想"总是愤愤不平，对社会口诛笔伐，偏执地认为世风日下、人心险恶。其结果，对社会充满的只有悲观和抱怨，对他人抱有的只是质疑和敌意。

而与不健康的、畸形的联想相比，现实世界，偏偏一些人或者事，让"联想"成为真实版的教科书。譬如一些所谓一夜暴富的富人们，他们在财富没有坍塌前，光鲜的"成功"背后，人们看到的是他们纸醉金迷，挥霍无度的生活，公众是不敢深究其财富来源的，某日，一件偶尔的事件，盖子突然被揭开，幕后肮脏的十之八九是靠着偷税漏税、违法违纪、行贿受贿、吃拿卡要发家致富的，真正敢挺直腰板从容淡定面对众多监督部门调查的富人不多。

还有站在被告席上沦为阶下囚的腐败分子们，有的官不大，位不高，但却几十万元、上百甚至上千万元、上亿万元的贪和捞。他们在台上慷慨陈词，台下鸡鸣狗盗，台上和台下的差距，怎么不让人"浮想联翩"呢？还有拼爹、拼后台、拼关系的案例，屡有发生。众多的恶性循环常常在一些人心里悄然发酵。

误判成了自然。有色眼镜看待一切美好的东西。山就不是那个山，水就不是那个水了。

在表面镇静而心里奇痒的状态之下，我们就偏执地认为：这个社会美和干净的事情太少，诚实和说真话的太少。由此丧失了做人的最基本惯性，怀疑一切，否定一切。产生了浮躁、肤浅、脆弱、狭隘、偏激和刻薄。在这种心理氛围中，但凡有"事"，便肯定有各路人马通过各种渠道，义愤填膺，上纲上线，报以汹涌口水。偏激、浮躁的心态下，一些真问题、真讨论很可能会被口水遮蔽，进而影响到作出理性的判断。尤其面对一些批评或被误解的意见时，喜爱联想的人们，如同斗鸡般把一切都看作挑衅，不惜小题大做，过度诠释，甚至无事生非，没来由地

"很受伤"。

　　信任，本是一个和谐社会里最基本的要求。然而，过度的联想，就如同乌云遮住了太阳。由此形成了一个不健康的因果关系。譬如人之间的真诚，譬如法律的权威，等等，直接导致无数"疑心病"案例的发生。许多正常的事情变得不正常，许多本应该理性对待的事情，变成失去理智的疯狂。人们把功利看得过重，把作假当成了取得功利的合法手段。

　　如果一个社会什么事，都往坏的方向想。见事必怪！多么可怕！

## "典型"都到哪去了

在我进入体制的 20 多年时间里，一直从事宣传工作。因为"笔头"尚可，我参与了多次的典型宣传。这些典型，有企业、机关事业单位，以及个人的。每次我都用妙笔之花，把典型们写的新鲜生动，富有时代特征。然而，若干段时间过去后，我再掉回头，重新审视我的"典型们"，他们大多如同昙花，乍然开放一下，就枯萎的再也鲜艳不起来了。

印象最深的一起，是某个先进人物。此人官至县处级。在台上时，因为敢闯敢干，他领导下的系统，风生水起，各项工作在本省系统内，一直为标杆。接受采访时，该君慷慨激昂，眉飞色舞，大有"秦皇汉武"不在话下的狂劲，他每每谈到自己为工作为单位，舍小家，顾大家时，我一颗容易激动的心，好几次有热泪在流。采访中，单位职工也一致交口称赞，称这位领导是好当家，是不可或缺的大才。就是这样一个典型的能人，在我的采访报道刊发后的一个月，锒铛入狱。罪名是"贪污腐败"。事后，人们恍然大悟，原来此人是个会演戏的"两面人"。

还有一次，某地刚刚部署了一项工作，没过几天便有人拿来典型经验材料，希望我润笔添花，在宣传中"拔得头筹"。我欣然前往，采访中，领导们夸夸其谈，说的全是大白话，职工们支支吾吾，不知道这项工作为"何物"。我咬紧牙关，生拉硬扯、拔苗助长，结果把此"典型"在我们地方报的头版刊发了出来。一时，各地来参观取经的人络绎不绝。这个注水的典型，坐了火箭的"经验"，到底含金量几何？只有我自己清楚，若干年后，此"典型"不仅成了笑话，简直就是一个传说。

人物典型宣传，是令我最尴尬的遭遇。譬如"五一"劳动节来临，安排我去采访一位"模范公务员"。这位"典型"工作在某乡镇。为了让自己的单位和所在的岗位进入全省先进行列，她废寝忘食，忘我地工作，本来，这是一个有敬业精神的公务员良好职业道德的体现，这是应该给予肯定的。可是，在介绍她的模范事迹时，单位领导反复跟我说，要把这个事例写进去，就是有一天，她的女儿病了，发着高烧，她弄了一些药给女儿吃了之后便将女儿反锁在家里，当时，她的丈夫在外地工作，长年不在家，自己到单位加班去了。当她从单位回来，发觉女儿烧得很厉害，意识到问题严重性后，便当即送女儿上医院。经治疗，她女儿的生命虽然没出问题，但由于耽误了最佳的诊疗时间，女儿的大脑被烧坏，成了一个有"智障"的孩子。令我难以相信的是，为人母，为人妻的她，由于自己的失职，致使女儿终身残疾，没有自责，没有内疚，更没有"呼天抢地"……相反，事后她居然说：令我感到高兴的是，我的没有辜负组织的希望，工作终于进入全省先进行列。我不知道她的"高兴"是出自内心，还是为了事迹更具"典型性"而编造的。道理很简单：为了工作，她把女性母性最温柔的一面遮掩了，试想，一个随意将女儿的人生"牺牲"掉的母亲，是时代需要这样的"典型"吗？是公务员队伍的优秀代表吗？！

还有一家国有企业，当时在我们本地区赫赫有名。成立之初，企业邀请我们集体去采访，那日，各类媒体20多家长枪短炮，把老总围得水泄不通，老总侃侃而谈，气魄颇大，说多少多少年后，该企业如果按照现有的发展思路，一定会成为国内第一品牌，等等，那个豪言壮语，那个雄心大志，仿佛一夜间天上就能掉下一个超级大馅饼来。不久，大小媒体均以通栏标题，将那个敢于憧憬的老总的采访刊登了出来了。不久，老总就因工作突出，青云直上，脱离企业，进入另一个更高的政治平台，升入更高的官位了。可笑的是，两年后，那个辉煌的企业，就轰然坍塌，职工下岗，人员分流，成为一具空壳了。前几日，我一个人骑着自行车再去看看：昔日的厂房和院落，早已尸骨无存，只有一片凄凄的荒草，在那发出无声的感慨……

　　我们说，典型是我们这个时代的一面旗帜，它引发给我们的是永远的正能量。如果推出的典型缺乏人性最本初的真，变成某些人扭曲的政绩观，那这些"注水"的虚夸，就是无用甚至有害的。打破人无百日好，花无百日红的魔咒，让我们树立的典型们永远具有生命力，确实需要我们这个时代好好思考。

# 第一号危机

写下这个耸人听闻的词儿，我绝不是为了抢人眼球，绝不是制造恐怖的气氛。它不是地震，但有时比地震更恐怖。它实实在在的令我们恐慌。它是什么？它是我们这个浮躁时代，人与人之间的诚信——这个天下第一号危机。

有一则故事，说一位中国人在国外写生，一位貌美的女郎微笑着跪在他背后看他画画。然后，女郎给中国画家倒了一杯水，喝不喝呢？画家首先想到她会不会在水里下蒙汗药，待女郎微笑着走了，画家又马上摸摸后裤袋的钱包还是不是在。画家进而感慨道，我们心底不信任的基础太深了。又一次，画家到另外一个国家一家艺术品商店购物。当时商店里仅有一名店员竟放心地上楼取货，店里就剩他一人，柜台上摆满了琳琅满目的商品，伸手可及。他当时就想，难道她不怕我把柜台上的东西装进包里？她为什么信任我？想想在异国他乡，被别人信任，画家竟不好意思起来。他事后说，被人信任的感觉真好！

但在我们日常生活中，人与人之间却充满了太多的不信任。"诚信"

这个词，可能是时下中国人最稀缺的一种道德资源了，有人戏称：当代中国最大的危机不是经济危机，而是信用危机。面对着时下无所不在、五花八门、无奇不有的假话、假数、假案、假证、假货、假学位、假政绩、假合同的泛滥，我们的社会和公众已经变得有些麻木了。人们对造假行为不再一概排斥，而是"区别对待"，有所取舍了。例如，对造假酒毒死人命的恨之入骨，对用假种子坑农的仅止于查，对报假成绩骗取升迁的无可奈何，对盗版光盘半推半就，而对假名牌服装则喜笑颜开了——其区别的标准，大约仅仅是物质层面上的危害程度，而精神和道义层面上的危害往往被轻视到了可以忽略不计的程度。这就是问题的可怕之处。

诚信这个最宝贵的人类资源，如今在年轻一代越发稀缺了。有一组数字显示："从 1999 年起至今我们一共为我国的大学生提供了近亿元的国家助学贷款，然而至今年为止，拖欠贷款的比例还一直徘徊在 20%—40% 之间。国家是怀着一颗炽热的心送出帮助的，但收获的结果却令人心寒。"类似的现象并不少见，如今校门外墙上随处可见的"办证"广告，布告栏里堂而皇之的"请枪手"，考场上明里暗里的作弊，还有网上名目繁多的"论文售卖"……面对这些，我们不免要学朱自清的语气感叹一番："是谁？让我们的诚信一去不复返呢？"

我们说，"人而无信，不知其可也""人无信不立""君子养心莫于诚""巧伪不如拙诚""以诚感人者，人亦以诚而应之"，还有"尾生抱柱"（《庄子·盗跖》），等等，祖先们的这些优良传统我们继承了一代又一代。然而，当人的心灵的天平上一端放着"诚信"，另一端放着"名利钱财"之时，诚信，往往不幸地成为高高翘起的那一端。

诚信缺失的我们，越来越隔着墙打量对方。习惯当面一套，背后一套。习惯假话、假笑、假哭以及各种各样的装腔作势、装聋作哑、装模作样、装疯卖傻，等等。心与心之间，人与人之间，距离越来越疏远了。

其实，一个社会要树立良好的诚信美德也不难，假如高端或官员做伪证会遭弹劾，公司做伪账要受处罚，公众人物说假话招谴责，何愁大众的权益得不到有效的保护？何愁社会的运转不能有序进行？然而，在营造和实际之间，我们要走的路太艰难了，尤其是对上层建筑和精神领域的作假，我们似乎还缺乏相应的制度约束，对官员和公众人物说假话、办假事、报假成绩的，我们还缺少处罚、降级、解职等方面的规定，以至于"吹牛不上税"，吹牛成风，"不说假话办不成大事"，"吹吹拍拍进步快"等民间之音很多，诚信成了一个美丽的躯壳，或说成了一个肥皂泡的影子。如果说现在仅仅低级的造假行为有所受限，而"高级"的造假行为却往往得逞，其导向和示范效应是什么样的呢？这就是问题的危险之处。

　　在这个诚信悲哀的时代，我们应该怎么做？作为一个人，我们自己必须有一把诚信的尺子，这把尺子是属于自己的，是用来衡量做人的标准的，只有这样，我们才能享受诚信给我们带来踏实的感觉。

　　社会进步了，物质丰富了，如果人们丢失了诚信——这个天下第一大的危机，我们还有什么资格去奢谈情操、襟怀、气节、禀赋等品格和修养，还有什么可能真正心诚地去贡献社会服务于他人呢？这是多么可怕的事啊！

# 肚子与肚量问题

肚子是人体一器官。科学告诉我们，肚子是肉做的，那里远离人的心，此处所存放的是食物和气体。而肚量，大多情况下是指肚子的容量。由此，我们说，人生在世，有两个肚子。一个是装饭的肚子，另一个是装气的肚子。装饭的"肚子"不装气，装气的肚子不装饭。若是有了这两个肚子，人就可以吃得饱，睡得好，气不到了……

装饭的肚子，就是装粮食和各种营养。譬如男人，他的肚子大的太明显，便很容易让人想到，这家伙胃口好，食欲旺盛，我们的国家是不是又遭受到某种程度的损失。比如贪污，比如用公款海吃滥喝等；再比如女人，如果肚子大了，人们会说，这是谁干的？好像这事与女人没有多大的关系。如此种种，无需阐述，读者诸君自会明白。这装气的"肚子"，里面的内容可就丰富了。有胀气、嗳气、郁闷之气，等等，不一一而述。

古往今来，因贪吃好吃，而超出肚子正常容量，发生命案的很多，但大多是一些草民百姓。因肚子装气问题，而使人生出大事的就更多了，不仅有乡村野老，还有诸多英雄豪杰，这些权高位重，风光无限的家伙，就因为肚量太小，落了个机关算尽太聪明，反误了卿卿性命。譬如三国时的周郎周瑜，宋时的金兀术，皆因装气的"肚子"容量太小，而气炸连肝肺，唾碎口中牙，一命呜呼，落了个千古笑柄。

所以说，人的肚子除了要每天容纳下足够的食物，还要能装下诸多看似无形其实有形的气体，这是古往今来无数大师、高人经验总结了的。为何？道理有二：其一，能产生巨大的感召了。当今社会，利益的蛋糕越来越如人变脸，走形，明是一盆火，暗是一把刀，脸上一脸笑，脚下使绊子者比比皆是。人与人之间，难免为此会纠缠不清。当自己利益没有达到时，当他人对自己产生误会而又一时说不清时，能以宽阔的胸怀去对待，让事实来说话，最终让人在事实面前受教育。这种肚量产生的号召力，不仅能让人反躬自省，而且能明察得失。在一定意义上，这装气的肚子，其容量是一种穿透力，可以把对方的心胸拓宽，照亮。小胜靠智，大胜靠德。肚量决定方向。其二，宽宏的肚量能健身养体，有利于身体健康。我想这是肚量大的最大好处。试想一个人如果一天到晚为鸡零狗碎的事生闷气，不伤肝，就伤脾，时间长了，难免气血攻心，最终肯定落个高血压、心脏病什么的？何苦呢？

然而，要真正做到"胸怀宽广"谈何容易？想法是单纯的，现实是复杂的。许多事不是由着个人意志所决定的。世上 36 种人，36 种性格，36 种嘴脸。比如有人看你面善，处处欺压你，在你头上拉屎，你能容忍吗？比如有人看你权小位低，总是对你吆三喝四，指手画脚，你能永远做缩头乌龟吗？再比如谁谁要升官了，你依然原地踏步，"风光依旧"，这时你的肚子说没有气，谁都不相信？

如此看来，作为一个健康的人，如何消化心中诸多郁闷之气，就在你自己了。那么，如何"化腐朽为神奇"呢？我想，做有肚量，能容纳气体的人，就是要做"健忘"和"丢三落四"的人，不记仇，不记小账，不纠缠蝇头小利，拿得起放得下。面对别人的非难，面对人生的诸多失意，不动肝火，左耳进；右耳出，权当耳旁风。就像电脑有个回收站，及时清除硬盘上没有用的文件，免得病毒找上门。

做一个有肚子容量大的人，说白了，排泄功能正常，不便秘，少痔疮，肚里没用的废物早早地清除。自己不得病，别人也不会因此而"疑心生暗鬼"。

做一个有肚量的人，一辈子真的会不亦乐乎！

## 话说"价格盛世"

如今，没有人会怀疑我们正处于一个前所未有的价格盛世时代。可是，这种价格盛世由于太依靠金钱的力量，有太多名不副实的东西存在，而显得单薄脆弱，难经风雨。

这种盛世，如果我们以物而论，有价格的东西简直就让人眼花缭乱，如股票、彩票、文物、名人字画，等等；再如果以人而论，学衔、职衔、官衔以及各种虚衔，都有价格或者很高的价格。

由此还延伸了许多有价格而且高价的东西，例如买官卖官有价格，包装名人、名人出场有价格，多余而无用的空洞道理和玄虚学问有价格，一般的头衔、名号当然不会没有价格，连专会作假、专会作秀、腐败有术的"本领"也有价格。譬如一些原来无名的演员，可以一夜成名，原来平平常常的教书人、写作人只要在什么论坛上像讲评书、说相声那样大讲一番，高谈阔论，都有可能猛抬身价。至于那样的行为有无真正的社会价值，有无真正的社会效益，或是白白累人累世甚至误人误世，就没有人去追究了。

跪拜问价，不问价值，若成了世风，这样的现象，你说可忧不可忧？譬如这些年，处处热衷追逐 GDP。追逐 GDP，能够让盛世价格飞速增长，其绝妙捷径就是大量卖地！地从哪里来？除了大规模的拆迁，就是到城郊农村圈地。低价拿到的土地，转手高价卖给开发商，政府赚取了高额利差。大量卖地的恶果，使城镇的房价飞速蹿升，普通百姓"望房兴叹"。以卖地作为提升当地经济实力的工具，既违背经济规律，又造成经济结构的失衡。这种用杀鸡取卵法营造出的"盛世价格"，不是什么好事，表面看，艳丽豪华，细细嗅，常常闻出轻视民生，甚至腐败的气息来。

如果我们只知道价格、价钱、价位之类的概念，压根儿就不理会价值的意义；如果我们只知道依据价格去识物、评人、议事，不了解其中真实的"含金量"，即使社会"繁荣"，但只会滋生更多的负价值。譬如官场上的某些官员，有谋官之能而无利民之心；商场上的商人，有炫目之价而无恪守信用之誉；学问上的"学者"，有如雷贯耳之名而无实际社会贡献；等等。

我们说，评价一个社会，一个时代的进步，不仅要看它物质的充沛和经济的繁荣，更要看它对社会边缘者、弱势群体，是否投入了足够的关注和重视。历史肌体上无数的鲜艳伤疤，时刻提醒着我们关注盛世浮华背后的真实切面：弱势者令人心酸的命运；现实的不公；被制度扭曲的人伦，以及诸多为了私利不惜坑国害民之举；等等，而在所有伤痛的背后，扭曲的价值取向是罪魁祸首。一个社会，如果太重视金钱的力量，而人人向钱看，眼睛使劲儿盯着久了，连瞳孔都一动不动，目无他顾，最终会看到什么呢？我想，只会看到各式各样的坟墓，如道德的坟墓、真情的坟墓以及一切精神圣品的坟墓。

我们的价格盛世，不应该以干瘪的经济数据为标志，更不应该以少数人的暴富为荣耀，否则，就是单方面的盛世。而真正经得起考验的盛世，只有社会大众都获取到经济盛世的阳光雨露，茁壮成长以致日渐发达。这也才有可能支撑起价格盛世的继续前行，并坚不可摧。价格盛世应该是以国民幸福感为标志的百姓盛世，是全方位的盛世。富人的盛世、权力的盛世、人治的盛世，是虚幻的盛世。

所以，如果一个社会成为价格盛世、价值颓世，名不副实的东西太多，任何自以为得计的行为都等同于步步趋向灾殃。

# 构筑关系社会的"三道网"

关系社会是个可怕的社会。擅结关系网的人是可怕的人。如果一个社会人人以攀结关系为乐，以编织关系网作为安身立命的手段，那这个社会就是人人争做演员，人人会演戏的社会，就是那些有心计、会揣摩、有眼色、会来事者的天堂。这个社会就是没有希望的社会。

关系社会的主角是人。链条是各种利益。俗话说，没有无缘无故的爱，也没有无缘无故的恨。但凡会搞关系，擅长吐丝结网者，必定也是张网捕食猎物的"好猎手"。这类"捕食者"，眼观六路，耳听八方，善于口吐莲花，善于狐假虎威，善于逢场作戏，是集假话、谎花、屁话与一体的"人精"。笔者经过多年深入细致的观察，发现但凡能在社会这棵大树上，结一张纵横交错，盘根错节的网者，必要经过三个环节。

第一个环节是结网。如蜘蛛吐丝。围绕社会关系这个大树，一点一点地结，一点点地攀，看似无形，其实有形。结的过程，攀的手段，花样繁多，常常由此到彼，又由彼到此，直把他认为有价值的部分统统揽入其中。这类会结网者，有一个共同的特征，那就是特别会"来事"，对所攀援结网对象的性格、嗜好摸得清楚，看其一个眼神，便知其是喜是怒；听其一声叹息，便知其是烦还是恼。听其三言两语，便知其心里在想啥事，如同所欲攀附者肚里的蛔虫。

会结网者，自然也是活动家。与蜘蛛弱小的身手相比，他阁下可就显得八面玲珑，能量巨大了。譬如，他阁下今天刚刚出席过这个会议，明天又参加那个仪式；刚在这个宴会上与人碰杯，立马又奔赴另外一个舞会上又唱又跳……这个会攀附的家伙，永远不知疲倦。不仅如此，他阁下还有多种头衔，今天在这个组织充当名誉会长，明日又在那个协会担任永久顾问……他的社会功能和头衔就像那吐鲁番的葡萄一样成串成把。他结网的积极性正如蒙田所言，"像广场上的雕塑，无时不在抛头露面"。

第二个环节就是精心织网。这需要功夫和耐心的。可以通过温水煮蛙的方式，慢慢地把需要结交的人，玩弄于股掌之间，直到双方成为互相栖居，互相依存，一损俱损，一荣俱荣的"豺狼"和寄居蟹的关系。

可以通过贴金的方式。如同训练有素或者无师自通的心理大师，瞅准了对他有用的人，在胡吹乱编上下功夫，在溜须拍马上用猛药，直到把他准备结网的人，捧得，吹得，喜滋滋，乐呵呵，如同吃了夏天的西瓜，那个爽啊！乐啊！

当然，对于少数"不食人间烟火"的主，可以用舍弃孩子来套狼的钞票手段，让你就范；也可以用美女作为"肉弹"请你入瓮；实在不行，就走狐假虎威的上层路线，请动可以左右他上司命运的大家伙，为他的事打招呼、写条子，直到你破了金身，成为他网中待捕食的"食物"。

第三个环节就是收网。这是最关键的一环。十年磨一剑，多年精心织网，其目的就是在今天"为我所用"。这类人，经过长期"忍辱负重"，一朝得势，心中那条休眠的毒蛇就要凶眼怒瞪，血口大张，昂首吐舌欲咬人。这类"张网"和"收网"高手，如同蜘蛛瞅准进入网中待毙的昆虫们，出手之快之狠，非要把你身上的血液榨干。他阁下有时也与你玩一些猫捕老鼠的游戏，有时就直接把你一口吞掉。总之，长期的付出，他认为回报的时候到了。

当然，对那些他依然用得着的人，依然是奴态十足。而对于那些没有价值，属于他网外的人，他是翻脸不认人的，或一脚踢开，或从此从记忆的回收站中彻底删除。

织网、结网、收网，这三道构成社会关系的链条。它无声无色，它神出鬼没。那些攀附者和搞阴谋和阳谋者，每每出手，可谓百发百中，置"敌"与无形之中。

我们说，一个社会如果关系学盛行，人人渴望成为结网"高手"，必是暗疮丛生，矛盾百出，更是滋生腐败、丑恶的温床；如果整个社会沉浸在结交关系的旋涡中，上行下效，烟瘴弥漫，那是多么的可怕，又将有多少投机者，得以成为硕鼠巨贪，祸害公德和泯灭人性啊！

## 乡村，需要我们做的事还有很多

因工作关系，我每年有很多时间近距离接近乡村，真实地感受乡村生活的细小和琐碎。一个又一个鲜活的案例表明，乡村，需要我们做的工作还有很多。

【故事一】接触到一位村书记。这位书记在工作上颇有魄力。每次在百姓面前大谈加强法治的紧迫性，尤其是领导干部带头守法的重要性。一次下车后，他在指挥拆迁现场时，大手一挥，把这个拆了，把那个拆了，看着他如此的决断，你很难感觉到他的法治思维在哪里，可谓是"谈法治时滔滔不绝，做决策时权力滔滔"。

【故事二】某村民因打架，被乡派出所拘留。有人就找到镇书记，让他干预下，帮忙说说话。镇书记回复说，派出所办案子，自己无权干预，结果这位请托人拍着桌子吼道："全镇都归你管，派出所还能不听你的？！"

这位镇书记事后说，自己当时后背发凉，"你说要搞法治，但别人却不信"。

【故事三】某镇上发生一起因土地纠纷的诉讼案。结果镇土地所所长被告上法庭。开庭结束，出庭应诉的乡国土所所长头上冒着汗珠，他坦率地对我们说，坐在被告席上，感觉就像一个没有完成作业的学生，接受严格的考问，甚至近于苛刻的质问，根本不可能有自己代表行政机关的自豪感或者优越感。最后，他摸着脑门说，坐在被告席上，真切地感受到法律面前人人平等的神圣，感受到群众与司法权力对行政权力的监督和制约。

【故事四】采访一位在当基层政府担任法律顾问的律师时，他正在写辞职报告。这位青年才俊，道出了其中原委。原来，即当地领导在做决策时一遇到法律红线，就要求他这个当法律顾问的想办法突破，甚至是做假文书来对付监督，他实在受不了这样的煎熬，于是决定辞去法律顾问一职。他感慨颇深地说，让权力在阳光下运行，给权力的运行定一个规矩，减少权力的"朦胧美"和"变戏法"，才是我们基层推进法制建设的正道。

【故事五】某村拆迁。村民们皆得到数目不等的补偿款。有一村民这日到菜场买菜，也就几棵青菜，一捆萝卜之类。完毕，递给卖菜者一张百元大钞。卖菜者反复看，认为是假钞，就拒绝收钱。村民大怒，高声到：知道吗？我是某村拆迁户，政府补偿给我的真钱我都用不完，我还用假钞？言毕，气呼呼而去。不日，该村民拿着补偿来的钱，前去赌博，很快，补偿款全部输光。

【故事六】某村民貌不出众，颜不惊人。但却诱骗了20多位留守妇女。他的方法是，利用留守妇女家里没有男人干活的机会，想尽一切办法，帮助干农活等，结果这些妇女在半推半就中，就被他强奸了。后来事发，法院在审理此案时，这人竟然厚颜无耻地说：她们需要我。

【故事七】某村干部因经济问题，锒铛入狱。八年后，走出牢笼。此人感慨：狱中几年，粗茶淡饭，生活有规律，昔日在村里海吃滥喝引起的三高（高血压、高血脂、高血糖）全消了。牢狱让人健身啊！后来，此人凭借所谓的关系，在村里经营养殖，生意还算红火。为打通方方面面的关系，又故态复萌，大吃大喝起来。出狱一年，啤酒肚再次凸起。一次酒后，拉着一位哥们的手说，悔不该走出牢房，为了发财，把身体又毁了。

3年以后，此人又因为诈骗罪，再次锒铛入狱。

【故事八】大宝是一位村民。十五岁时，到山里偷树，被抓，坐了3年牢。回来后，正是秋天的黄昏。他在村里转了转，又走了，半年后，他再次出现在村里时，已是一个左脚跛子。村里人都说，这家伙该安稳些了吧。可是，他在村里没有待上半年，就一个人悄然出走了。10年后，当人们把大宝已经忘记的差不多的时候，他突然回到了村里。当初只有一个人出去的他，如今回来了一家人。老婆是别人的寡妇，儿子也是她前夫的。大宝说，通过打工，他如今挣到了钱，算富裕了。从此以后，大宝成了村里有头有脸的人物了。他带着村里几十号人到外地做工，从不拖欠家乡兄弟们的工资，正当村里人跟着大宝干得欢的时候，大宝突然出事。原来，他因为在施工中，向甲方行贿被带了出来，锒铛入狱。后来，村里乡亲到狱里看望他，大宝有些悲壮地说，等我出狱了，再带你们出去挣大钱。

# 高兴还是揪心

　　我的老家距离我工作的城市有二十多公里，也就是说，属于城市的郊区。前不久，回去上祖坟。一走进曾经生我养我近 20 年的村庄，立马被眼前一副忙碌的景象惊呆了。这种"忙碌"，不是春季的春耕春种，不是农民为了今年收成的忙碌。而是为了即将的拆迁，疯狂地搭台子，盖房子。我看到，一辆辆满载钢筋，水泥，黄沙的拖拉机驶入村庄，将平时畅通无阻的村路围堵得水泄不通。有的村民手拿刷子在房前屋角粉刷墙面，有的村民拿着泥抹子在院子里铺设水泥地面。

　　我有些诧异，悄悄地问与我一同长大的玩伴，他拉拉我的衣襟，悄悄告诉我：村里人之所以这样做，是为了马上的拆迁，在经济补偿中，多补助些。

　　往村里走，"响应政府号召，平稳有续地进行拆迁工作"的横幅在村子最醒目处悬挂着。所有的房子墙面上，都用红漆画了一个大大的叉。村中每户人家放下手中的农活，积极学习政府下达的拆迁赔偿文件，并逐字逐句地研究，生怕遗漏只字片语，就连目不识丁的大爷对条款也是倒背如流。

　　玩伴又告诉我，为躲避城管的稽查，村民们一律在夜间加班加点。

一夜之间，村中家家户户的门前空院子里，新建筑的楼房就如雨后春笋一般节节攀升，从院墙上冒出头颅来。他还幽默地说，这些长势喜人的楼房，好像是将军指挥下的士兵，一致停留于二到三层的高度，整齐划一如士兵向右看齐的水平线。每一幢无门的房都张着饥饿的血盆大口，每一扇无窗的眼都散发出黑黢黢的嗜渴的目光。

　　我无语。昔日，日出而作，日落而息的村庄，在城镇化的大潮中，犹如油下锅，开始疯狂沸腾起来。千百年来，农民淳朴的思想，这时变得狡猾起来。好多人在拆迁中，如热锅上的蚂蚁，再也不淡定了。有的村民，十几甚至二十年前，就把承包的土地抛荒外出打工了，如今，遇到天上掉馅饼的喜事，自然不放过，他们争，他们吵，只为能得到祖辈留下的这份"家产"。

　　村民以为就此就可以搂到一个会下金蛋的鸡。有一些村民，对拆迁工作组行贿，只为多得到一点丈量面积。而有些工作组，为了尽快让农民签合同，先是软磨，若还不行，就拿亲戚和孩子的教育说事。实在不行，就动用强大的拆迁队伍，进行强行拆迁。村民们也不孬种，每每见到拆迁工作队进村，就像抗日战争抵抗"鬼子进村"那样，想出种种近乎无赖的疯狂抵抗办法，斗智斗勇。实在抵抗不住，他们就开始上访，四处伸冤，直到目的达到为止。

　　在一次性拿到几十甚至上百万元的补偿款后，更可悲的是，他们中有的人，开始拿着这些祖宗留下的遗产开始享受。赌博、喝酒，过起了今朝有酒今朝醉的生活。他们没有意识到，祖祖辈辈赖以生存的土地没有了，保命的饭碗没有了。他们子孙的未来前途未卜？小农意识，使他们只想到眼前，不顾及到长远！

　　这些拆迁的土地，肥沃，土质良好，是黑黢黢的稻田啊！想想今后就是在这样的良田上，将开始建起一座座工厂和商住楼。高耸的塔吊，搅拌机的轰鸣，脚手架的丛林，繁华热闹的镇化城背后，我不知道到底是高兴，还是揪心？

# 麻木与其他

医学上说，人的肌体如果出现血流不畅而麻木，是一件危险的事情。如果听之任之，时间久了，就会出现血液淤积、肌肉坏死甚至中风等症状。

社会这个大的肌体也是这样，每个人都是细胞，由每个人组成的这个庞大肌体，健康与否，肢体是否麻木，直接关系到社会的进步和人类的文明。

当今社会，麻木之病，有蔓延普及之势。人们的社会责任以及公民意识越来越呈萎缩退化之势。有多则消息报道，近年来，南京、天津、上海等城市相继发生路人扶起跌倒老人却被诬告的事件，面临老人跌倒时，"扶还是不扶"成为民众最为纠结的话题。乐于助人、见义勇为本为社会公德，却与法律一起遭遇"扶不起"的尴尬。

由此，很多人认为，"扶不起"事件是"良知麻木"。我们说，"良知麻木"的现象，根源还是在于当前公民意识不强，以怨报德的个案只是起了某种强化作用。在现代社会，我们每个人发生危难的可能性更大。

在这种情况下，更需要人们之间的相互救助。有了这种互助，我们老了就有人扶，也"扶得起"。"良知麻木"让我们看山不是山，看水不是水，公民的义务感和责任感统统都带了"有色眼镜"。

麻木背后是我们精神的缺失。这种麻木，折射出的是一个社会的冷漠。前不久看到一个消息，说某女士在公交站牌处候车，遭遇歹徒当街抢包，现场至少有 8 个人，但没有一人上前帮忙，该女士独自大声呼喊求救，却眼睁睁看着抢包的男子扬长而去。此女士回家后不停喃喃自语，为什么就没有一个人来帮忙？这样的情景仍让人为之心中一寒。麻木的背后，凸显了公民精神的严重缺失。

这种丧失，伴随的是对金钱权势的迷信、对个人利益的片面追求、对社会公正公平的某种失望等。在这种错误观念、自闭心理、失落情绪主导下，一些人看社会分外隔膜，社会在他的眼前只是一个虚弱而模糊的影子，如此，谈何社会凝聚力和社会活力。

麻木主义的产生和蔓延，会使社会的肌体"血液"流动不畅，使人的"四肢"欲振无力，使公民社会和法制国家的面容遭受影响。因此，把这些麻木现象从和谐社会的肌体里清除，极为重要。

中医理论认为，"痛则不通，通则不痛"。想办法把不通之处弄通，使麻木的地方灵活起来，是应对麻木现象的正确之策。克服麻木主义的方法没有别的，只有让更多的大众清醒，关注自己，关注社会，关注那些已经丢失的灵魂。

# 我们的"造神运动"

中国人是喜爱"造神"的。几千年来，各种"造神运动"如过江之鲫，一以贯之。掰手指算算，黄巢、刘福通、白莲教、红灯照、义和团、太平天国运动等，都是通过"造神"运动，而发家，而达到不可告人目的的。

造神运动顺应了时势。但凡"人成为神"，都有个"造"的过程。造神者借助当下某些人群心灵需要治疗的"要求"，或包装，或层层放大，或狐假虎威，总之，这些"造神们"最初出现的时候，无不是顶着美丽的光环令众生倾倒。他通过一系列的人为"炒作"，就成了遥不可及的"天神"。而我们的民众，是有需要神仙的需求的，尤其是在众口相传的叠加效应之下，光环就越发"光彩夺目"，让人顶礼膜拜了。

而成为"神"后，她就要呼风唤雨，就要"行使法力"了，其最终的目的，无非就是个人崇拜或招摇撞骗。造神者们总是在背后掌控着话语权，俗话说，没有无缘无故的爱，也没有无缘无故的恨，世上绝对没有免费的午餐，"神"虽然被人供奉着，但绝对要食人间烟火的，譬如去年被人称神仙的李一"大师"，在绚丽光环的背后，他是要收取粉丝们"赞助费"的，而且价格不菲，一年囊中要捞取上百万元的。

而"神们"的崇拜者们，偏偏吃这一套，这些"粉丝们"，也许学高五车，才高八斗；也许权倾一方，势大如斗，但中了"大师们"的"魔法"后，他们就几乎看不到自己，个个都像疯了似的，找不到北。造神运动，有时不是一个人的悲哀，而是一群人乃至一个民族的悲哀。

我们的"造神"运动，总是此起彼伏。一个神话被打倒，另一个"神话"便换一种新面孔，借尸还魂而来。翻开历史，没有任何造神运动能够维持太长久。神话本来就是容易被戳穿的，一旦神话被戳穿，不但他们苦心营造的事业土崩瓦解，他们本人更是将会成为大笑话。

我们为什么喜欢造神呢？一点一点解剖，权力和利益这两柄魔剑，是"神话"运动一茬接一茬的关键。当权者为了自己的统治和虚荣心，就用权力命令大家造神，而整个民众都不成熟，像孩子一样把无上的荣耀都寄托在掌权柄者的身上，正是这种对自己非常的不自信，奴才心理，才造就了人间的神。一个地方或者一个部门乃至一个国家，他们的最高领导者，往往就是通过"造神"，使自己成为领袖，把他的臣民玩弄于股掌之间。

社会上一些别有用心者，他们借助当下某些人群心灵需要治疗的"要求"，层层放大，狐假虎威，以至于掀起社会性的造神运动，成了遥不可及的"天神"。我们的民众们，很多时候，盲从别人，奴化自己，人家造神，他们就去拜神，从来不去计较造神者究竟出自何种心态，获得何种利益，这种可悲现象，几千年来一以贯之，于今仍旧虔诚朝圣，不绝如缕，俨然构成一部中国民众造神、拜神之历史。

时至今日，中国的"造神"运动依然此起彼伏，依然热闹得很，官场的、商场的乃至民间的，花样繁多，如木马病毒一样，让你防不胜防。譬如，养生高手张悟本，以唐骏为代表的西太平洋大学校友群，人称神仙的李一，等等。这些先乐此不疲地造出这些神话级人物，再一个个将他们打倒，完全否定。中国式的造神闹剧泡沫破灭后，人们才如梦初醒，自认被自娱自乐游戏骗了一场，可事后不久，依然有新的造神运动"借尸还魂"而来。

但，每一个造神运动的每一个结局都是一样的，那就是，大热必死。

# 当女人有出息时

因在体制内，所见入仕女子行色各异，所以，便有了"当女人有出息时"这篇谬文出炉。不管对错与否，请各位勿对号入座。

当下，女性的进取心方兴未艾，进攻性的"女汉子"日见其多。这本无非议。男人可以有出息，女人亦可以有出息，这道理也乃天之经也。但女人成功之路径，却花样繁多，常常让人浮想联翩。

女人想要有出息，尤其官场上，其性别角色常常转换。那种莺声燕语顾盼传情的小女人，越来越少了。见到的成功女子，大多剪掉长发，脱去长裙，敛起笑容，洗尽铅华，衣冠严整，神情严峻地"闪亮"在各种场合。其铿铿锵锵的说话，无比凌人的气势，让须眉男性们一个个望而生畏，唯马首是瞻。这些成功的女人，如莎士比亚先生所说的那样：女人啊，华丽的金钻，闪耀的珠光，为你赢得了女皇般虚妄的想象，岂知你的周遭只剩下势力的毒，傲慢的香，撩人也杀人的芬芳。现实生活中，当一个女人向财富致敬，向名利欢呼，向权力高举臂膀时，她其实已经失去了女人味。所以每一个成功的女性千万不要被"自私毒噬纯净

164

的心灵"。

女人有出息，社会关系和绯闻是一个绕不开的话题。一个女人，特别有点养眼的女人，没有出息还清白，一旦出人头地，就让人思绪万千了。国人最大的"爱好"，总是爱拿成功女性的绯闻说事。坊间流传一句俗语：一个成功男人的后面一定有一个女人，一个成功女人的上面一定有一群男人。此言是否谬论，姑且不论。只要某种体制的存在，这种现象就难以泯灭。现实世界，女人的各种绯闻，并不仅限于从政，还有从业、从艺等诸多行当。有媒体报道称，某集团副总经理（副厅级）女官，在被捕以前，曾风风光光与多位高官宽衣解带。还有某省某女局长敛财过亿元，"脱裤"不堪，一路发迹，全靠"睡"出来。"脱裤"哲学就是她成功发迹的本钱。不光是上下级通吃，甚至把小自己十岁的下属发展为"情人"后，非常大气地拿出一百万元让"情人"摆平妻子，以免后院起火。还有一些女性，其成功的路径，就是靠老爸、老妈和老公等背景力量。

女人有出息了，容易角色错位。有的成功女性，回到家中，也一如领导状。她习惯于西装革履盛气凌人，习惯于大声指责暴跳如雷，习惯于别人在她阁下面前低眉垂手，唯唯诺诺，作奴隶状；回到家中训夫教子，也如领导样，除了居高临下、指手画脚这样的习惯动作外，普通女人的娴熟、温柔，相夫教子，好像都与她无缘了。

还有的女人一旦乌纱帽戴在头上，便成了出得厅堂，入不了厨房的"圣女"。本人听说某女人为官后，在外官派十足，风光无限，但进了家门后，便做不好饭，买不好菜，某日忽然没有了应酬，在家里便不知道吃啥了，除了再次到饭店，变别无他法。我有一位朋友，自从他的贤妻做了单位领导，他便每况愈下，也跟着不苟言笑，忧心如捣，不能亲近，不愿再跟我等狐朋狗友推杯换盏矣，盖"官气"也有传染性乎？

正所谓"横看成岭侧成峰，远近高低各不同"，美国前总统里根先生的老婆南希说得好，"女人像茶，不放到开水里，不知道她到底有多浓烈"。品茗之余，我们双手赞成让白开水里加茶叶，并期待更多有出息的女性，给我们的生活带来更为清新的空气，更期望那些有出息，有成就的女性，多一些正直良知，少一些钩心斗角；多一些人性的关怀，少一些飞扬跋扈；多一些阳光，少一些黑幕腐败，如此而已。

第六辑　何谓有文化

# 何谓"有文化"

　　小时候在农村，没有多少文化的父母常常告诫我："要好好学习，以后做一个有文化的人。"后来，我就刻苦地学习。终于功夫不负有心人，顺利地考上了大学，成为一个"有文化"的人了。如今，通过多年的奋斗，混得还算有脸面的我，却常常对"什么是有文化"糊涂起来？

　　有一天，我和几个称为作家的人，到一酒楼小聚。酒足饭饱，我们从饭店出来，大谈作为文化人应该具备的社会职责。忽然，我看到一个衣衫褴褛的中年人疲软地靠在一堵墙上，他的眼睛微闭，额头上冒出大滴的汗珠，样子十分痛苦，好像得了什么病？虽然街上人潮涌动，但是没有人望他一眼。我站了一会儿，犹豫着，试图去帮他一把。但旁边的一位作家善意的告诉我，这类事还是少管，防止讹诈啊！于是，我刚刚涌起的一点同情心，就被扼杀了。我也像他人一样漠然地离去。那人是谁？我不知道。但那天那人痛苦的表情，却久久的盘踞我的内心，他无助的影子使我陷入长久的自责中。喜欢大谈文化人社会责任感的我，算一个有文化的人吗？

　　大学教授被称为有文化的人吧，但他们就真的斯文吗？前几日，本人参加一个规格颇高的文化论坛，主题是关于当代人修养的。那天，一位号称某大师的教授，在台上慷慨激昂，大谈作为公众人物应具备的社会包容性。在演讲结束，有一个学生模样的年轻人，突然问教授一个问题，意思是，前一段时间看到有人在某论坛发了一个关于此教授包二奶的帖子，他怎么看？这话一出口，教授的脸色顿时黑了起来。那个学生继续请教授回答。没想到看上去颇为斯文的教授突然咆哮起来破口大骂，说学生是小杂种，小狗日的，有娘生没娘教的……

要不是我亲眼所见，你很难见到一个号称大师的教授，竟如此的污言秽语对一个年轻的学生。我再也没有心情听下面的课了，起身离席，如此"大师"，你能说他是有文化吗？

我的侄女有人给她介绍了一位男友，男孩据说是博士毕业，在某大媒体做记者。相识那天，第一印象彼此都感觉挺好，正当两人相谈甚欢的时候，不知道怎么就谈到了社会腐败现象，当说到了某贪官携巨款举家外逃时。男孩说，这个贪官是他家的一个邻居，平时感觉是一个不错的人。侄女就说，这样的贪婪之徒应该追回来绳之以法才对。不料，男孩很不以为然地说："你这么激动干吗？和你有什么关系，追回来的钱也进不到你的口袋里。"侄女认真地反驳道："我是纳税人，贪官损害的是公众的利益。"男孩再也不说话了。冷场后他们就此告别。再也没有联系。

事后，我们问侄女原委。她认真地跟我说："我有遗憾，也有庆幸。遗憾的是就此错失了一段可能美好的姻缘。庆幸的是，作为一个社会精英分子，应该代表社会的良知，可是他没有！我的百年好合的对象即我未来的老公，必须是一个有起码社会公德的男子。我不能指望一个没有社会公德的人，会有私德，会对我好！"对于侄女这样抉择，我点头称赞。

什么叫有文化呢？读了一箩筐的书，没有善心，没有社会公德，不知道尊重别人，且任意侮辱他人的人也算是有文化？如果是这样，那我宁愿做一个目不识丁的没有文化的人！

## 说和做

　　我不是一个十分爱说话的人，但我常常为自己胡乱的表态，而最后无果感到羞愧。比如有一次，在一个还算比较正式的场合，我借助自己的虚荣，在朋友面前大放厥词，说凭借自己的社会影响力，过几天，一定能组织一帮人，为一位居无定所的老人募捐一笔可观的费用。后来，由于种种原因，事情过去很长时间了，依然是一无所获，从而成了一个笑柄。我为自己说的温暖，做的冰凉，感到内心的极度不安。

　　一次全国性的文学聚会，有位"大咖"，大谈世风日下，人心不古，呼吁作为文化人，应该有良知，淡名淡利，做营造社会风清气正的表率，可会议一结束，此人就为一份礼品与人争吵了起来，理由是：别人的礼品怎么比他高级。直到工作人员满足他要求后才愤愤作罢。其实，也就是包装袋好一点而已。许多时候，一些自称是文化人的社会精英们，他们说别人，评他事，可谓一针见血，但当影响到他的名和利时，哪怕是一张纸或一支笔，那也是万万不能吃亏的。有时候，我想，作为一个有良知的文化人，你喷别人的时候，扪心自问，自己做得如何？是不是说的巨人，做的矮子。

　　说和做，不是表演，更不是作秀的工具。遇到一个官员，此人在会上，在媒体面前，都是天才的演说家，什么"祖国的利益高于一切"、什么"一切为了人民的利益"，可谓把百姓挂在口头上，说出了令人热泪盈眶的豪言壮语。结果，有一次我们下乡扶贫，此人在拉着百姓手嘘寒问暖后不久，就跑到一个僻静处，找一盆水，把自己的手洗了一遍，并且说，这些山里老百姓卫生脏着呢？这样的人，你说是不是言行不一，说和做分离的表演家？

　　还记得，有一位如今还在狱中的官员，在一次演讲比赛中说："城里人不会有穿草鞋的体会，可山区还有很多贫困老百姓。做一个穿草鞋的公仆，就是让大家心里时刻装着百姓。为了更多的百姓不穿草鞋，过上好日子，我宁愿自己永远穿草鞋……"当时，迎接他的是一片热烈的掌声。可没想到，就是这个"草鞋公仆"，却受贿上千万元。像这样的贪官，靠"说"修炼自己的"隐身术"，将"说"做成自己进行罪恶勾当的"包装袋"。可谓是，说的冠冕，做着鬼事。

　　前不久，我们这里进行捐款，每人200元，用以捐助那些生活无着落的贫困户。有一个职务不低的公务人员，听到这消息后，异常恼火，当着全单位人的面，牢骚满腹地说：这样的捐款，我不参与。正当此人煽动情绪抵制捐款的时候，单位一把手来了，这人像个著名演员样，表情立马来了一百二十度的大转变，第一个捐了款，末了，他还信誓旦旦地说，自己身为干部，应该带头响应号召，积极捐款。这样的两面人，言假，行虚，你说可笑不可笑？

　　我有一发小，出生贫寒的农家，自幼吃尽苦头。当年一起上学时，他无数次的对我说，假如有一天自己发达了，尤其是做官了，一定勤廉如古人某某，忠孝如古人某某。当时，我曾开玩笑说，你现在说这些过头话，是不是早了。他拧着脖子，对我说，今后你看着我做的就知道了。

日后，他真的做官了，且贵为某医院的院长，却因吃药品回扣被法办了。对于他的所作所为，我给的评价是：说的是大话，做的是屁事。

其实，说和做，就是两个字，但，它真的需要我们一辈子每时每刻都在修行中。

# 嘴皮文化

　　鲁迅说，中国的文化是吃人的文化，柏杨说，中国的文化是酱缸文化，在这里，我斗胆说，中国的文化是嘴皮文化！

　　那么嘴皮文化是个何种玩意呢？我说，是光说不做的假把式；是口是心非，言行不一的臭皮囊；是用嘴"作秀"，玩嘴皮功夫的伪君子也。

　　既然为文化，就要有些斯文也，斯文在何处？首先玩嘴皮文化者大多不是贩夫走卒，乡村野老。他们大多是一些自认为高端，有地位，有身份的人。这类人也许是学富五车，才高八斗的学界泰斗，也许是权高位重呼风唤雨的官场大吏，甚至是具有远见卓识的王侯将相。总之，嘴皮文化者大多不是酒囊饭袋，草包一个。他们确实具有远见卓识的眼光，确实具有"呼风唤雨"的能力。但一个"飘"子，使他们的人格、文格都有失真之感。

　　嘴皮文化的"主角"，表现在某些为官者身上。他讲我们要有理想、讲奉献、讲道德、讲文化，他倡导我们心灵美、语言美、行为美、环境美。他要求别人"清廉做人、坦荡做人"，他提倡大家"吃苦在前，享乐在后"，靠这些挂在嘴边的至理名言，凭借这类感人话语，他让人敬佩，让人顶礼膜拜，让人觉得他是个"神"，但就这个"嘴皮主义"者，暗地里却干着鸡鸣狗盗的伎俩，做着让人不齿的违法事，直到有一天他犯事时，你才知道什么叫口是心非，什么叫双面人，什么叫人格、文格都失真。

嘴皮文化的演员，有时是一些自认为是专家学者的精英们。这类专家，因具有权威性和威慑力，他们一言一行往往会对社会大众产生强大的诱惑。可是，他们一旦信口雌黄，老百姓就分不清东西南北了。这些打着文化先知、股票专家、彩票专家、易经专家的"专家们"，貌似权威地在那里不知疲倦地忽悠，今天预测股票升值，明天预报世界末日。当然，世界绝对没有免费的午餐，他们耍嘴皮忽悠的目的，是为了自身的经济利益。对于这类嘴皮文化的"先进者"，我们想问一问，作为彩票、股票专家，你们预测得这么灵，为什么不自己先受益、先富强起来，而苦口婆心地耍嘴皮子挣那个辛苦钱呢！所以，嘴皮"精英专家"你千万不能失去良知，否则，专家不专，浑水摸鱼，只会贻笑大方。

嘴皮文化的核心要素，是要有嘴和皮。表现在嘴和皮"狼狈为奸"，一唱一和。这类靠嘴皮"布道"、传播自己者，很多时候是以高高在上的姿态，口吐莲花，说些云山雾罩，冠冕堂皇之话。这类靠"嘴皮子"忽悠大众的人，是说了就忘的主，至于后事如何？结果怎样？那是别人的事了，"强奸"完民意后，自己成了看客。所以，这类说了算，不负后果的嘴皮功夫者，因具有欺骗性，是危害一方的。他们是典型的"手电筒"主义者，照他人，评异己，头头是道，恨不得把对手踩在脚下，永不能翻身，自己却乐于做个"看客"。比如前不久四川地震中关于"范跑跑现象"的争论，就是嘴皮文化泛滥的一个标志。

嘴皮文化者，很多时候，表现的嘴"很硬"。此"嘴硬"并不意味着他的见识和学识有多高，而是明知道自己做错了，却是癞蛤蟆垫桌

174

腿——硬撑着。这类耍嘴皮者，动辄爱打赌。"理屈词穷""豪气的英雄气概"下，是一颗虚伪、残忍的良心！我们说，如果一个科学家，没有敢于坚持正义的大无畏的精神，怎么能标榜自己是科学家呢？如果一个官员，没有踏实为百姓谋福祉的决心，凭借嘴皮功夫，又怎能取信于民呢？

嘴皮主义者，可以为了一己利益和功名，何曾正眼瞧过最底层的芸芸众生？他们明知山有虎偏向虎山行，用自认为"先进的思想"浇灌文明花朵，制造无形枷锁，开化攻心策略，其内心的实质是，唯我独尊主义泛滥，唯利是图膨胀。他们是高高在上的畸形文化产儿或教父，面对弱者，他们自认为自己是局内人，可除了一些抽象的同情外，似乎也只是多了一个话题和谈资，却无法从本质上分担弱者的悲伤和痛苦。

嘴皮文化者，号称中国精英。这些精英们其实应该认真想一想，自己在某个关键时刻，是否考虑自己太多了，考虑大众太少了？是不是利用自己的优势地位攫取了太多本属于大众的利益？

嘴皮文化者，失去良知，是社会的悲剧。当今社会，嘴皮文化无处不在，此种"伪君子"们，不会兴国，也不会丧邦。但确确实实，他浪费时间，浪费精力，浪费善良人一颗善良的心，误己，误人，误国。是我们该给他们一些警告，刮刮他们鼻子的时候了。

# 奴性文化

在中国，有一种及其肮脏的文化源远流长。它让人学会低头，学会逆来顺受，学会谄媚。它绵延不绝；它只可意会不可言传；它阴暗、肮脏；它深入每个公民的骨子深处。它确实到了该亮红灯、打板子，乃至猛击一掌的时候了。这就是奴性文化。

奴性文化绝不是与生俱来的。他要有生存发育的土壤。皇权、君主、主子意识，是奴性文化永不停止繁衍的一片恶性土壤。但凡奴性文化盛行，此朝、此代、此地、此部门，必是主子意识高高在上，必是小人得志。而在这种浓厚的"奴性文化氛围"中，无论主子是谁，哪怕是流氓、恶棍、强盗，只要得了天下，坐上金銮殿，人民就会山呼万岁，顶礼膜拜。在中国，有些人只要一当上主子，就会变得专制，将非权威的挑战视为对自己的冒犯或者是大逆不道。这种心态无疑是奴性文化大行其道。

奴性文化的主角是奴才。具有奴性的人，不仅要"奴"味十足，而且还要十分有"才"。这些家伙，生就一副媚骨，善于逢迎，精于拍马。见了主子即弯腰如柳，声柔如猫，即使不在口头上，也要在精神上自贬三分，让其主子顿生至高无上之感。而奴才们一旦气候形成，便对社会产生危害，而其危害大小，又与其所占据位置高低成正比。

一些人嘴上不停地讨伐奴性意识，但每每涉及自身利益时，为分得一羹、一汤，其骨子深处奴性的嘴脸自然暴露无遗，其正人君子的嘴脸荡然无存，取而代之的是谄媚，是走狗、小人、下三烂。那些很会"奴"且有"才"者，一朝得志，脑瓜中那条休眠的毒蛇就要凶眼怒瞪，血口大张，昂首吐舌欲咬人，在他的统治下，毫无民主可言。他金口玉牙，哪怕是信口胡扯，也是真理，属下的小民，只有遵命照办的份儿，如有敢于犯颜者，打罚并举，只叫你永不翻身。

奴性文化，造就了"所谓上有所好，下必甚焉"的社会。处于上层和高位的人喜欢什么或有什么爱好，下面的人就一定会对什么喜欢、爱好得更厉害、更强烈、更极端。古话说得好，"上梁不正下梁歪"，大抵一个地方奴性风盛行，必有一个强势的当权者，他所掌控的资源，决定这一地方各色人等的升迁命运等。所以，他的"臣民"，要奴性十足，要绝对地服从他。因此出现了诸如指鹿为马、口蜜腹剑等具有奴性文化特色的"千古经典"。

奴性文化之所以有市场，世代绵延不绝，其根本原因是，但凡有奴性的人，都有很好的市场回报。纵观历史和现实，十个奴才有五对成为上司离不开的人，或是被上司委以重任。只要听话，绝对忠诚，就是平庸鼠辈，也照样平步青云，在权利之场呼风唤雨。

奴性文化，造就人的骨子，是绵羊的性格。听话，效忠，就是好人，叛逆，就是忤子。我们从清宫戏里，就可以看到整个中国几千年奴性文化的浓缩版之精华。从《宰相刘罗锅》《康熙微服私访记》到《雍正皇帝》《康熙大帝》，不仅在内容上，而且在形式上，奴颜婢膝到了极点，所有下不如上者，都口称自己为"奴才"，对自己的上司皆呼以"主子"。这些辫子戏，奴才戏，正切中了中国文化潜意识中的奴才意识。

在一个奴性文化盛行十足的社会氛围里，"人人生而平等"就是忽悠人的谎话。即使有少数人想阳刚些，想主人些，也难以有空间。就像大师鲁迅说的：既然猴子可以变人，为什么现在的猴子不想变人呢？并非都不想变人，也有少数猴子想变人，它们曾经两条腿站起来，学人走路，并且说它们想做人。然而它们的同类不允许，说它们违背了猴子的本性，把它们咬死了！中国人也并非都愿意做奴隶，也有少数人不愿意，他们要做主人，但是同胞们不允许，揭发他们，密告他们，于是他们被抓、被关、被砍头，当代许多"不听话"的叛逆家伙，就是这样产生的。

# 圈子文化

　　时下，国人流行圈子文化。同学讲同学圈子，朋友讲朋友圈子，战友讲战友圈子，官场讲官场圈子。其一个个独特的"圈子"，所形成的"生态"环境，让人仿佛看到一个个纵横交错、五颜六色的或圆或扁或方或说不上形状的"怪胎文化"在恣意舞动，如风似雨俨雾，看不透，弄不明。

　　圈子，顾名思义就是圆，就是以一点作圆心，以一定长度作半径作的那么一个封闭的曲线。此本是数学上的一个难解符号，看似简单，其实千变万化，非三言两语所能言尽。如今各种各样的圈子在生活中如影随形，且一天比一天复杂难以寻求到正解了。"圈子们"到底暗藏了多深的"水"，我们找不到现成的权威答案，只能片面地把它们理解为是"画地为牢"的一种利益寄居关系。你的、我的、他的；小圈子、大圈子，圈圈相套，形成了一种独特的中国文化现象。

　　圈子"五花八门"，但圈有"圈规"的，就如一粒石子投入水中所激起的涟漪一样，常常引起的多米诺骨牌效应，是一拨拨地向外延伸的。

有的圈子，你拉我，我拉你，"抱抱团"似的互为一体，水泼不进，针插不入；有的圈子，你为我效犬马之劳，我为你两肋插刀，不管公家的还是私人的，都化为江湖义气，哥们义气；有的圈子，一损俱损，一荣俱荣，树倒猢狲散，墙倒众人推；还有的圈子，大块吃肉，大碗喝酒，大声骂娘。但圈内人绝对彼此心照不宣，就如同我们经常所说的"潜规则"。谁是老大？谁是马仔？不容你破坏了这个游戏规则。

圈子讲究一个泥巴三个帮。裹挟进圈子的人，称兄道弟，互相吹捧，出了问题，百般包庇；对于圈子外的人则多方刁难，排斥打击，落井下石。如常常批判某个"圈子"变成了"某某团伙"就是一例；再譬如，如果圈中某人若是混出了一些名堂，那么他原来的圈子中的人也会在有形无形之中受益。结"圈"之人心态各异，但目的明确，无非是为了从"圈里"获得好处，有的是友谊，但更多的是为了"利益共享"。

圈子是有背景的。大多数圈子背靠的是权力这把魔剑，但凡周围用得着的人，不论是鱼还是虾，皆积极营造，最终构成一个彼此看似简单，其实又深不可测的幕后交易"黑手"，一旦犯事，整个圈子鱼死网破，一网打尽。圈子中的人，往往用"你是我这条线"来划分、界定，如果你的行为不顾圈子的利益，就会被认为是背叛和忘恩负义。官场仕途有站错队一说，其实就是以圈子来界定某某是自己的人，某某是不是自己的人来"确定阵线"。当前社会，广泛存在大官傍大款或大款傍大官的现象，就是一种畸形的怪圈子，昔日一个叫周雪华的款爷，进了胡长清长官的圈子；另一个叫周坤的金融老总，进了成克杰首长的圈子，等等，就是现实最有说服力的实证。这些玩"圈子"游戏的贪官和罪犯们，一个用权力为他们的生意铺路搭桥，另一个拉大旗做虎皮牟取不正当的利益，狼狈为奸，彼此发财，弄个钵满库盈，而受损害的却是国家、百姓。

还有的人，以"圈"结网。此圈子"网"，常常是单指某些单位、某些机关、某些领导班子里，因争权夺势，争名夺利所形成的派别、"山头"

或叫做"小团伙""小集团"。一个地方、一个单位、一个班子里，如果人为地划几个"圈子"，树起几个"山头"，那么这个单位必然要内耗，必然四分五裂，矛盾重重。一事当前，有干的，有看的，有说风凉话的，有脚下使绊的。明争暗斗，人人自卫，哪里还能心情舒畅地工作。对这种现象，我们称之为中国人特有的"内耗"或叫"窝里斗"。由圈子而造成的内耗，已成为一种社会病、机关病、班子病、人群综合症。此类圈子，不讲道德，不讲原则，一切以一个"利"字为"圈德"。

我们说，在贫寒的时代，在险恶的环境下，圈子使人平添不少温暖。他让人感动，让人增添力量。然而，如果圈子融入太多的人情与义气，许多恶习就应运而生。拉关系、组山头、裙带风、不重才能、不讲道德、徇私舞弊，等等，结果只会是一团乌烟瘴气。

当今社会圈子文化，有时太大也太杂，可谓是"茫茫圈海无处寻"。每一个人都以圆心做了很多圈子，每个人都在圈中，进行自己的"钻圈运动"。"钻"多了、累了，可圈子终究没有可能涵盖所有的需求，但是人们还是在继续的钻着，自己的圈子、别人的圈子。我不喜欢圈子，正是这些人组成的圈子，阻碍了我们这个社会的进步与发展。

# "相亲鄙视链"是一种什么"链"

　　婚姻是什么？是红尘间，男女千年修成的缘。但在物欲横流的时代，这样的"缘"是不是多了几份物质和世俗。近一段时间，一份"中国式相亲价目表"在网上广传。据说这份总结自北京各大相亲角落大妈大爷的相亲准则，综合各类未婚男女的户籍、收入、房产、学历等条件，将之排列为"顶配""低配""不考虑"等五个阶级，还标上一连串相应身价。不仔细看，还可能误以为在卖商品，而不是配对活生生的人呢。

　　针对于此，有人就将其冠以"相亲鄙视链"这个当下网络流行语。在网络异常发达，社交场所无处不在的背景下，此现象，让人觉得有些异类。于是乎，有关当代年轻人婚恋、择偶的标准、趋向，成为这个夏天不仅大伯大妈们关注的焦点，也成为整个社会讨论的话题。有赞成者说，市场经济了，婚姻就应该按"货"索价；有反对者说，相亲，如果不"以人为本"，早晚是要栽跟头的，遇人不淑，财富也会蒸发啊。

　　总之，庸俗得近乎坦荡荡的鄙视链受关注"火爆"的背后，反映出当下婚姻与爱情观早已不再纯净如初了。比如，户口、学历、收入、家庭背景，等等附属物，依然是爱情中需要"掂量"的"资产"。

我们说，婚姻作为男女一生"利益交换"的媒介，从古至今都很普遍。无论爱情还是婚姻，都不会像文学作品的那样纯理想化，它们都需要立足于现实的条件。相亲过程中，要看彼此的条件是否"门当户对"，这是很自然的事情。如 A 女高配 D 男低的事情虽然也有，但人们倾向于认为这种婚姻的幸福感和稳定性都不会太好。

但，婚姻毕竟不是两个家庭的资产重组，更不是单纯的谈生意。它作为一种最现实选择，其内涵绝不仅仅只有利益、物质计算，还有情感、责任和精神的内容，等等，门当户对也好，傍财富也罢，相亲是两个人一辈子的事。幸福与否，鞋子合不合脚，只有当事者自己知晓。

父母之命，媒妁之言，早已过时；开放的时代，自有开放的婚姻爱情标准。所以，面对"热炒"的"相亲鄙视链"，我们不必过度解读和神经紧张，在呵呵一笑的同时，理解作为父母对儿女们的良苦用心，也请相信每一颗年轻的心和他们对爱的抉择。

投缘、对眼，执子之手，与子偕老，才是婚姻的正道。

不管怎么说，若相亲成了讨价还价的市场，物质拼凑的婚姻，你说，这能让人幸福吗？

# 娱乐事件与嘴上道德

每年在中国，都会产生若干个娱乐事件，这些事件，如同盛宴，一旦发酵，常常让大众味蕾打开，食欲猛增。仿佛荷尔蒙一夜间催生出无数的动力和乐趣。譬如每年都要喷发的若干件明星大腕儿离婚娱乐事件，本是再简单不过的私人婚姻，但却惹来无数粉丝的引颈关注。这时，有一大堆围观者，心里藏着肮脏，嘴上却挂着道德。

这些打着道德旗号的人，最爱管闲事。哪怕是人家两口子掐架、孩子上学等与道德并无关系的鸡毛蒜皮之事，他们也要围观、起哄、谩骂，站在道德高地，把对生活中的一切愤懑都倾泻到一个"有过错"的明星大腕儿身上。

的确，社会精英们应该有更高的道德标杆，他们不仅是我们这个社会的成功人士，也应该是道德楷模。但我想说的是，他们也是人，只要不触犯法律和道德底线，属于他们的私人空间，我们还是要给予更多的理解和宽容。

可现实是，总有一些好事者，对于明星们的绯闻乐此不彼。前一段时间，某女星疑似婚内出轨，被狗仔们穷追猛打，先是幸灾乐祸地围观、谩骂，继而又寻找与此有关的目标们对号入座。于是乎，就有与此无关的一干人等，开枪、躺枪、中枪，被揭老底，被打倒。后来，真相大白，在剧情反转中，大家呵呵一笑。

我们说，在一个没有监督和为后果埋单的社会背景下，人们在选择批判对象时，是口无遮拦的。往往，他们为某一件触动众怒的事件，添加细节和筹码，最终一同将这幕大戏推向高潮。很多时候，在这些愤怒者的眼中，张三已经不是张三，李四也不是李四。他集合了一切自己印象中认识的、听闻的、卑劣的"丑陋"形象。"犯事者"已经成为了一个"卑鄙"的符号，人们唾弃的也已经不只是他本身，而是那个自己想象中的一群标靶。这很像那些在拳击沙袋和飞镖靶盘上挂上仇敌照片的人们，靶子很无辜，幻想中的敌人才是真实的发泄对象。

其实，对于娱乐事件，无论出轨外遇也好，感情破裂也罢，这一切都是纯粹的私域，它不需要来自公共空间的介入和解读。譬如家庭、伴侣内部的互动是一种很微妙的关系，即便作为娱乐人物，主动或被动地被外界知道众多故事，但真正的琐碎细节以及更为隐秘的部分，都不可能真的为外人所知。外界的一切分析和断定，一切对他们的赞许和谩骂多是失真的。即便作为朋友，我们都不可能真的搞清楚对方的家庭到底发生了什么，那么对于一个我们根本不认识的、只是通过戏剧角色了解的人物，我们又有多少发言权呢？

人性的善恶，是个隐蔽性的东西。有时候，真的不是被一件两件小事所掩盖的。窥私，是人们顽固的本能。伸张正义，则是每个公民的良心所在，应该给予弘扬和点赞。但如果窥私动辄演变成道德石刑，就理应被警惕。现在一有负面事件，就有人开始喊打喊杀，更有甚者站在道德高地大声疾呼，该怎么怎么……

在现实世界，我们喜欢呼喊尊重各种权利和隐私，但内心却让人匪夷所思，每当他人的私事被透露，所有人都恨不得去扒光对方的衣服，恨不得操持起真正的石刑。他们不过是觉得，自己对某某唾弃得越愤恨，就能反衬得自己越纯洁。

娱乐事件依然会发生。道德与肮脏依然在表演。但我们每个人的内心，是否该洗一洗，看看有多少灰尘沉积呢？

# 断章 10

## 一

朋友聚会。有认识的，也有不认识的。主人逐一介绍来宾。某某在某部门工作，今后有某某问题可以找他；某某在某某单位干什么长，遇到困难直接找他。一桌朋友的用处，全部介绍到极致，就像探金矿，一点微弱的光芒都不放过。最后轮到一位电工兄弟，还不忘推介：今后你们哪家水电坏了就可以找他啦。

## 二

遇到一个颇熟悉的人。此人原本是某机关普通工作人员，由于机遇，成为某市级领导秘书。再见面时，官派十足，哈哈味颇浓。已不是原来那个朴实、文雅的青年才俊了。现今一些人，由于某种氛围的营造，一攀上主人，就变得嘴脸多样。他们学会了在巴结和谄媚的包围中，养成轻视他人或狐假虎威的习惯。

# 三

一退休的处级干部。在台上时，每遇到我，便大谈写作，吹完，就说等他退休后，一定写一本像红楼梦样的书！那表情，绝对不把曹雪芹放在眼里。如今，再见面，他只字不提写作的事，也绝不再说写出像红楼梦样的书。据了解他的人说，此老退休后，大部分时间，在南湖一带，与一帮没事的老头老太斗地主！

# 四

吏治是一个国家或者政党赢得民心的必要手段。但如果在其过程中，由于媒体的曝光或者某些强势领导者的一时盛怒，就随便查处一个人，立马将其乌纱拿下，都是不够成熟的。不按法来，按情绪来，按领导的嘴来，按运动来，这是吏治还不完善的表现。将制度规范，一切按规矩来，是我们吏治中，必须要走的道。

# 五

某人，官居某单位主要负责人。去年，到了提前离岗的年龄，按理，应该回家含饴弄孙了。但其始终不愿离岗，更不愿意搬出原来的办公室。由更大的领导做工作，勉强同意，但前提是，要有办公室。于是，只好将一间弃用的会议室略做修改后供其使用。此君，如今每天依旧拎着一个包，准点上班，准点下班！

# 六

某领导，是个女的。有几个小老乡，都在她手下工作，平时私下聚会时，皆称领导为×姐。某日，又聚会，除了这几个铁杆老乡外，席间，还有一些其他领导。几个老乡中，有一人放肆起来，当着众人面，直呼×姐，我跟你喝一杯！谁知，某领导突然大怒，一拍桌子，说："×姐是你喊的吗？"。众人皆惊愕不语！

# 七

某局局长，接到下午有领导来指导工作的消息，就早早到外面恭候，某领导迈着官步来了，此君便小跑着赶去接驾，结果只顾看领导，忘记下面有一块石子，差点跑摔了。我见状，就喊"某局，当心脚下，别跑摔了"。但他根本顾不上，一边跑一边咧嘴笑。那表情，把我们都逗乐死了！

# 八

我的办公室在一栋小楼的三楼，窗户对面是一政府办公大楼。闲暇时我站在窗前看风景：有人拿着公文包，弯腰低头，形色匆匆；有人出门，前呼后拥一帮人围着；有人一下车，立马有人屁颠屁颠地开车门；有人上访，立马有保安或者警察围上来。哈哈，简直是电视剧啊！他们在表演，我在看"剧情"！

# 九

当今社会，"会来事"是一种大本事！很多混得好的人，就凭此升官发财、大富大贵。"会来事"者在人情世故上特会投机钻营，并利用别人来达到自己的目的。"会来事"的人，心理素质极好，能窥视别人的心，脸皮厚，嘴甜，心黑，能操纵和利用别人，而不被对方发现。"会来事"的人，很多都是顶级捕食者。

# 十

人的一生，是需要几个知己朋友的。这些朋友，可以吹牛到天明，可以竹桶倒豆子无话不说；你也可以今天骂他一顿，踹他一脚，甚至可以操他祖宗十八代，但明天依然会搂头抱颈，和好如初。这些知心朋友，是彼此非功利性的。简单地说，就是没有图谋，不拿友谊做绳索，去套别人的脖子，供自己驾驭。

# 审丑胃口

如今，在中国，有一群人或者说一部分人，他们胃口很重。他阁下如果遇到一件正面事件或者好事，绝口不提，更不会给予点赞和肯定。反之，一旦与丑沾边，便立马像打了鸡血针，产生莫名的激动和兴奋。他先生以丑为美，往往不经意的一件小事和丑事，在他阁下畸形的心态下，经曝光、晾晒、加工、炒作等环节，立马胃口大开，食欲猛增。仿佛不要脸的事闹得越猛，他阁下的荷尔蒙分泌的也就越旺盛。这类人，我称之为"审丑胃口"。

在他的心里，最大的乐趣便是乐于收购丑货，什么男女绯闻、官员腐败、社会万象等，他永远只恨自己胃小口大，容纳不下所有的隐私。在他先生的生活中，大到浩浩寰宇，小到家长里短，个人隐私，都是他追求的对象。他先生传播丑的方式，除了口口相传外，还喜欢借助网络和一切可供他阁下"发泄"的窗口，推波助澜。好像整个社会都欠他的，整个社会没有一点阳光雨露。

与他先生"臭味相投"的是，现实生活中，偏偏也有一群人，喜欢卖丑，并以此获得巨大的"经济和社会效益"。以前几年一丑再丑的郭美美为例：此女子小小年纪，先是以"小太妹"示人，接着以"富家女"闪亮登场。她每次不光彩的亮相，都吊起审丑者们的胃口，借着多年已经铺就好的少数人"审丑"心态，此女子犯贱的同时，她内心深处的欲望之车，也快速驶向金钱和名利的深渊。

何止郭美美呢？凤姐、甘露露们，这些早在她出道之前，就劣迹斑斑，靠卖丑、卖隐私成为"腕"的明星们，丑事一个接一个，可越丑越成香饽饽。如此的低俗，竟然商家需要他们，媒体需要他们，审丑者们更需要他们。

审丑和卖丑这对畸形的怪胎，不仅在娱乐界成为流行色，而且其他行业也大行其道，官场的，生意场的，乃至各行各业，尤其名声大的主儿，每有风吹草动的"丑事"，就吊起审丑者他阁下的胃口。每次卖丑者犯贱，暴隐私，暴丑陋，喜欢审丑的先生们内心就开始躁动不安，兴奋起来，他们自认为，自己绝不能置身事外，得绑架些什么。他们可谓：好事兴奋不起来，坏事胃液大量分泌。

更可悲的是，作为肩负社会责任的媒体们也借此当成卖点，推波助澜，在节目预告中大肆宣传推销，为这些人的"大红大紫"贡献了力量。而大众越是反感，当事人身价就越是高，仿佛越不要脸，就越被人热捧。一些靠薄、露、透博取大众眼球的所谓明星们，竟然成为审丑者的偶像，被膜拜着，被高高在上供奉着。此审丑胃口表象在：一个人在吆喝，审丑者们像抢购奇货一样排着长队在抢购。

"丑陋事件"一次次大肆泛滥。对于不断晾晒出的丑事，喜欢审丑的先生和女士们有时也口诛笔伐，大肆鞭挞。大家在玩命地批评这枚"臭鸡蛋"的同时，却忘了找出她背后的"老母鸡"，这个"老母鸡"就是我们自身一些人心灵的扭曲，病态的审美情节。"丑态百出"者大红大紫的背后，是我们大众丧失了最基本的审美底线，什么礼义廉耻，什么道德伦理，统统抛之脑后，他们内心深处不知道何为真善美，何为高尚，更不知道何为点赞，何为拒绝，极其不健康的社会心态，如同一枚臭不可闻的臭鸡蛋，闻起来臭，可吃起来依然香。

　　社会浮躁，人心不古，审丑盛宴就永远不会停止，某一天某一时，某一件令人不齿的事，依然会成为审丑者阁下的饕餮盛宴。

# 话语权是谁的权

话语权，简言之即讲话的权力。此词语，纯属西方舶来品，意思是由其权势和某一领域的权威所决定的。本文所说的话语权，简言之，是指说话的权利；深究之，则关乎民主与民生。

当今社会，确实进入话语权决定民生权的时代，如今一些人拥有了话语权，就等于手上握了一把刀子，高悬在那里。他们有时满嘴跑火车，在那不知疲倦地"鼓"与"呼"；有时语不惊人死不休，在那喋喋不休地制造一起又一起吸引眼球的轰动新闻，让人觉得他真是一个忧国忧民的"爱国人士"；有时义愤填膺，满腔怒火，颇有"梁山好汉"路见不平，拔刀相助的"正义"感觉。这些拥有话语权，有控制力，有影响力的人，如同无处不在的空气一样，如影随形地影响着大众，左右着大众，只让人的五官想拒绝都不行。

我们说，人和人之间在生理"音量"方面，确有差异，但毕竟不大，但是人们在社会话语的表达"音量"方面，却往往有天壤之别，有的人，一句话便可地动山摇；有的人，即使是拼死的呐喊，也显得悄无声息。

194

在当前的中国社会，那些拥有最多的话语权者，在什么地方、以什么方式、和什么人，他们都在说些什么、出于什么目的、最终起到了什么作用，是值得我们睁大眼球，竖起耳朵，认真分析过滤的时候了。

目视当下，一些拥有话语权的人，大多是一些自称为专家、学者乃至官员者，他们认为站得高，看得远，实际是典型的"癫痫病"患者，说一些大众不得要领的荒唐话。某地橘子生病，果农遭殃了，一些专家学者、政府官员、知名人士，就激情澎湃地论证着"柑橘里的蛆虫是否有害、能否食用"的话题。那架势仿佛柑橘蛆虫是自家养的龙虾鲍鱼。直到后来有人一语中的，说，其实柑橘蛆虫本来就不是什么大事，过分地大惊小怪没有必要。这些"音量"巨大的专家教授说的是否是真理？暂且不去议论，但装腔作势的高调确实把老百姓蒙蔽得一头雾水。

一些拥有话语权者，在那满嘴吐白沫"布道"时，是站着说话不腰疼。他们抑或拥有私家汽车、公寓、别墅和丰厚的收入，叫嚣的时候，怎能理解下岗职工的困窘，以及流落街头以捡破烂维持生存的苦老婆子的辛酸。譬如大众关心的房价问题，经过某些拥有话语权的御用文人百般炒作，御用学者竭力呼吁，御用专家不断建议之后，于是，各地挺房官员纷纷走向前台，先是鼓吹"买房就是爱国"，接着出台购房退税、购房补贴的土地政策。最后干脆赤膊上阵，政府买房为房地产商解套。

还有一些话语权者，为了"显摆"，把打口水仗，作为炒作自己的工具。在那里不知疲倦的忽悠着。他今天说东，明天又说西。其"大事化小、小事化了"的招数，让普通大众的心理承受越来越脆弱，夸张点说，有些风声鹤唳，草木皆兵，让人惊出一身冷汗的感觉。这些居高临下、只讲理论不顾实际的空话，实际就是想炒作自己。

而更多掌控大众心理的话语权者，是为了维护他自己和他那个团体的利益。某些人，一旦拥有了话语权，就等于控制了"高地"，拥有了"游戏规则"。规则的制定，规则的实施，都在他的掌控之中。他们每每放出的谬论，说是代表社会各个阶层，各个领域，其实，都是为了他那一群和一层，颇有挂狗头，卖羊肉的感觉。譬如某个号称专家的人，在媒体上发表了《为富人说话为穷人办事》的评论文章，认为现在社会上为穷人说话的人很多，替富人说话的人很少。为富人办事的人很多，为穷人做事的人很少。原因是为穷人说话会得到大多数人的赞同，即使说错了也只是技术性的错误，而不是立场的错误。此言一出，反对、质疑之声顿起。这个嘴里跑火车的专家，被迫继续写文章辩解。可见一些拥有话语权者，嘴上说得冠冕堂皇，实际是为某些特殊利益集团"摇旗呐喊"。

拥有话语权者，必有"失语者"。而失语者并非生来就没有发言的本能，他们的"失语"，只不过囿于特殊的环境下一种无奈的选择，并不意味着他们会主动放弃说话的权利。很多时候，他们是被动的，是处于一种被"洗脑"的过程，除了具有"聆听"的义务，几乎没有发言的权利。这些包括广大的工人，农民，城市贫民在内的弱势群体成了"失语者"，后果不外乎是怨气越积越深，最终导致的结果只会是，更多的牢骚和偏激。

我们说建设和谐社会，我们说人人实现平等，如果大多数人的话语权得不到保障，而让少数人在那里"自我感觉良好"地"鼓噪""引领"一场又一场的美丽的骗局。美丽的花环就是苦涩而缺乏生机的，是让人不愿看到的希望和拒绝。

# "潜规则"是块"臭豆腐"

在中国古代，有"龙生龙，凤生凤""朝中有人好当官"的说法。到了当代，又有"说你行，你就行，不行也行；说你不行，就不行，行也不行"的民间坊语。这些都表现了一定领域内的"潜规则"现象。类似此类的各种"潜规则"，在中国源远流长的文化中，就像一块臭豆腐，闻着臭，吃着香，人人讨伐之，但又时时钻营之。

那么何谓潜规则文化呢？我说，它是看不见的、明文没有规定的、约定俗成的，但是却又是广泛认同、实际起作用的、人们必须"遵循"的一种规则。它上不了台面，却众人皆知。它"运用之妙，存乎一心"。而玩弄"潜规则"文化游戏者，绝非乡村野老，贩夫走卒。

它隐藏在正式规则之下，却在实际上支配着中国社会运行的规矩。譬如在官场，下级必须尊重上级就是一条铁定的"纪律"。还有官员的行为规则，往往是上级监督下级，下级除了在一些制度和条文上感受到"民主"的"阳光雨露"外，大多数时候就在一些不成文的潜规则与准则里，服从着、认命着。某位昔日权高位重的高官，在滚鞍落马，沦为阶下囚的时候，就感慨万千地说：官当到了我这个级别，制度对我而言就像牛栏里关猫，根本就没有什么作用啦。这个家伙说得没错，事实的确如此。我们对高官的监督简直如同"左手监督右手"，效果就可想而知啦。还譬如在文化界，多年来一直忽明忽暗地流行着女演员"先上床、后上戏"的"潜规则"。年轻的女演员想要早日成名，往往要付出其"演技"以外的代价，"肉体红包""性交易"，便是一种"潜规则"。若能玩转"潜规则"文化者，名不见经传的，一夜之间便可一炮走红，摘"星"入"腕"；在政界圈里，若能深谙"潜规则"，无所建树的，每逢换届仍能加官晋爵，鸡犬升天……各行各业，各色人等，都把它视为改变人生乃至出人头地，能做但不能说的"法宝"。

潜规则"只可意会，不可言传"。玩弄潜规则文化者，大多知道按照社会的纸面上、桌面上的法律法规以及制度是注定行不通的，故而多采取正常渠道行不通的旁门左道，去获取一些本来自己应该得到的政策或利益。比如某些干部选聘中的"任人唯亲""任人唯财"，某些工程招标中的"黑标"现象，某些执法人员在工作中存在的"酒杯一端，政策放宽"现象，等等。此潜规则的诞生，把明朗的社会游戏规则变得朦胧了，总是让人看不清，于是暗中交易屡屡发生，可谓防不胜防。

潜规则的结局往往是"皆大欢喜"。在利益这根链条上，玩弄潜规则的双方，彼此配合默契，各取所需。投之以桃，报之以李，最终的结局是皆大欢喜。近年一些官员在招商引资、经济发展方面屡屡闯红灯，他们为了"服务"一些引进来的投资大老板、大商人早日在本地"筑巢"，便不惜违反法律、违反政策。有政策的把政策用足，没有政策的创造政策。由此，我们看到一些土地被廉价送上，一些税费被无偿免掉，一些资产几乎是免费送上，一些生态环境被破坏。新一轮的"圈地运动"在各地的工业园内展开，新一轮的"污染企业"在一些地方开始生根，国家资产在权贵手里化为乌有。领导政绩可圈可点，升迁的升迁，谓之大胆创新，谓之战略眼光，觥筹交错之中，莺歌燕舞之下，大家皆大欢喜，双赢双赢，只苦了国家，只苦了老百姓。

还有我们日常遇到的一些事情，明明可以遵循正常渠道办理，但是有相当大的一群人往往会去习惯性地找"熟人"，托"关系"，花些钱去搞掂。有些人遇事"不找组织，只找关系"，做事不求"群众拍手，但求领导点头"。托关系、走后门、找路子之后如愿获得职位。当然，最终的结局也是皆大欢喜，各取所需。

坏了"规矩"，违反了"规则"，自然就逃出游戏之外了。大家都遵守，你就得"入乡随俗"，如果成了另类，自然就被淘汰出局。记得有媒体报道。某医院医生大胆揭露了医院的种种内幕：白衣天使拿回扣、开高价药、采购违规等，以致遭到院领导和同仁的讨伐，成了第一只站起来的"猴子"，无法再立足，只得写辞职书，请求调离，因为他触犯了"潜规则"！这时的潜规则，就像一只看不见的手，实际地存在并发生着作用，谁如果无视它、违反它，就会碰壁，甚至淘汰出局。

潜规则游戏如同平静河面下涌动的暗流，对于不明事理的人来说，就是一个巨大的陷阱；而熟谙此道的人，则会如鱼得水、左右逢源。人们在不断的"试错"中逐步地摸索，在反复的失败、碰壁和"尝到甜头"中适应并认同，严酷的现实教会人们变"乖"起来。它还会不停的变种，就像细菌和病毒，一旦遇到适宜的环境，就会不停地繁衍，它可能演变成"流氓"潜规则、"山寨"潜规则、美女潜规则，等等，它造成了一种恶性的"适者生存"的压力，形成"劣币驱逐良币"的逆淘汰机制。

"潜规则"盛行是社会的病态。当一个社会里"潜规则"大行其道时，淳朴民风就会被侵蚀，社会秩序就会被破坏，大众的利益就会被侵害。正义和德行难以得到鼓励和张扬，整个社会的道德基础将因此变得十分脆弱。我们该给隐藏的潜规则晒晒阳光了，否则，后果是多么可怕啊！

## 酒这东西

说酒是"东西"，确实对酒有些不敬。但自从咱老祖宗杜康同志发明了这"看了像水，喝到肚里闹鬼"的玩意儿后，酒，就一直被当成一种文化，世代传颂，绵延不绝。在这个甚嚣尘上的社会里，酒这东西又到底具有怎样有形与无形的作用呢？

如今衡量一个人有没有社会地位，或者社会地位的高低，一个很重要的指标就是看你赴宴的场次和规格。因此，我说，酒是社会地位的利器。阁下的地位越高，权势越大，出入高档酒店的机会就越多，你就愈加被人另眼相看。

有些家伙为怕别人瞧不起，总是把脸喝得红彤彤的。为避吹牛之嫌，常常发应酬之太多的牢骚。有人偶尔被人宴请，恨不得马上就去，却虚假推辞一番，并总把声音提高拉长，以向对方和同仁显示宴请自己的人太多，去了就是给足对方的面子。那些地位低下者，整天没人请，也没有参加公宴的资格，吹牛也没人信，只好低调对待，并以顺口溜自嘲："官总当不大，孩子不听话，老婆长得丑，回家喝闷酒。"

一旦入酒局，某些人就以酒风酒量论英雄了。把酒和人品挂上了钩，曰：酒品即人品。豪饮量大者，备受尊重，自然形成核心人物。有的则自饮数杯，喧宾夺主，自封为酒司令，吆五喝六，八面威风。既过足了酒瘾，也暂时满足了"官"瘾。而量小者，则被人冷落，自觉矮人一截，孤坐无语，畏畏缩缩。再次聚会，他往往就不再被邀之列，久而久之，就失掉了一些朋友和社会资源。既然酒量大小举足轻重，酒量大者自然降不下来，面临众星捧月也骑虎难下，抱着一醉方休的态度，每饮必超常发挥，于是出现"扶着墙根去解手，回来再喝半斤酒"的壮举。

　　小小酒桌，其功能早就不只是简单地以文会友了，而是链接社会关系、开展社会活动的重要舞台。很多事情放在酒桌上谈，比会议桌、谈判桌上更容易"拉近距离"，也更富有成效。人与人之间有什么隔膜，在酒桌上很快就能化解。

　　纯净的酒桌，常常被功利等隐性的社会环境污染。如今设宴请人喝酒的功利性越来越突出：请人办事要喝酒；为今后办事方便提前进行感情投资也要喝酒；谈生意或者搞合作也要喝酒。最令人感到悲哀的是：一些政治投机者拉选票或政治结盟也要喝酒。老同学老朋友聚会需要喝酒，寻找朋友同事同学战友之外的感情也需要喝酒。有句顺口溜说得有趣："男女搭配，喝酒不醉，拆散一对是一对。"

　　不喝酒办不成事，可仅仅是喝酒也绝对办不成事。"酒杯一端，政策放宽；筷子一举，可以可以"那已是老黄历了。喝酒，只是进行某种交易所借助的一种形式，是交易开始的前奏和结束后的谢幕。醉翁之意不在酒，而在于钞票也。但这种交易不能公开化，甚至不能说明，很多时候靠暗示，靠肢体语言，一切都在似言非言中，并以所谓的感情和友谊作为纽带和掩饰。这些都决定了在办公室或其他场合无法实现，而以朋友聚会的名义躲在酒店包厢里边饮边谈是一种再适合不过的形式了。在每天爆满的各大酒店中，究竟有多少属于这类情况，只有天知地知了。

可饮酒过量也常常会惹是生非。在不断发生的交通事故中，有相当一部分人是酒后驾驶造成的。因酒后失控打架斗殴的也不再少数。一件看似鸡毛蒜皮的小事，常因酒后乱性，就引发严重后果，令人扼腕叹息。酒有时也发酵着某些人的人性。譬如有些人今日有酒今日醉，贪杯恋盏，得过且过；有的人对酒当歌，只有在酒桌上，才能唤醒麻木的生命；有的人沉湎酒色，喝完酒后，性趣陡增，舞厅、洗头房、按摩间、桑拿房，只要有异性的地方，就争先恐后地往里钻。

　　酒本身没有错，错的是借酒乱性的各位"正人君子"们。如今有一些人，我们称之为"酒精考验者"，该阁下，是一见饭馆就目放青光，全如饿死鬼投胎转世一般。一坐酒桌量就高，待到酒高时，话越说越高，胡乱许愿，什么人都敢骂，什么荤段子全扯出来，什么哥哥妹妹都敢搂搂抱抱。在这种气氛当中，氧气是越来越少，血糖是越来越低，肝脏的负担越来越重。好端端的一个人，因酒，全变样了。